Verlag 3.0

Dorothea Müller

TOM

EINE KNASTGESCHICHTE

Verlag 3.0

Dorothea Müller
Tom – eine Knastgeschichte
Jugendbuch, Sozialthema

ISBN – Print 978-3-95667-203-3 Softcover
ISBN – eBooks 978-3-95667-204-0 ePub
978-3-95667-205-7 Mobi

50181 Bedburg, Neusser Str. 23 | http://buch-ist-mehr.de

Sollten Sie Fragen oder Anregungen haben, können Sie gerne eine E-Mail senden an: service@verlag30.de

Lektorat:	Monika Holstein | buch-ist-mehr.de/team/lektorat-monika-holstein
Coverbild und Illustration:	Frank Müller, Thailand | myllerfilm.de
Umschlaggestaltung:	Attila Hirth | kurziv.hu
Satz und Layout:	Attila Hirth | kurziv.hu
eBook-Erstellung:	Verlag 3.0 | buch-ist-mehr.de

Printed in EU

Bibliografische Information der Deutschen Nationalbibliothek
Die Deutsche Nationalbibliothek verzeichnet diese Publikation in der Deutschen Nationalbibliografie; detaillierte bibliografische Daten sind im Internet über http://dnb.ddb.de abrufbar.

HINWEIS:

Auf Seite 139 gibt es ein „Knacki-Wörterbuch". Hier werden die Begriffe aus dem Gefängnisalltag ins Deutsche übersetzt, die im Text mit einem Sternchen versehen sind.

In einem Gefängnis gilt das Strafvollzugsgesetz. Ab Seite 143 befindet sich ein Auszug der für die Geschichte relevanten Paragraphen. Die Querverweise werden durch kleine Infotafeln neben dem Text kenntlich gemacht.

„Für alle Toms dieser Welt“

Geleitwort von Erhard Ufermann

„Im Vollzug der Freiheitsstrafe soll der Gefangene fähig werden, künftig in sozialer Verantwortung ein Leben ohne Straftaten zu führen …" (Strafvollzuggesetz).

Wie können Menschen in der Unfreiheit die Freiheit erlernen? Vor allem, wenn es sich um Menschen mit schweren seelischen und sozialen Behinderungen handelt?

Wenn „Tom" gegen Ende seiner Haft vorsichtig anfängt, Verantwortung für sein Leben zu übernehmen, so geschieht dies nicht *aufgrund* der Befähigung durch den Vollzug, sondern *trotz* dessen Realitäten. Dass es manche Menschen in der Zeit nach dem Gefängnis schaffen, ein Leben ohne Straftaten zu führen, ist oft anderen Einflüssen als denen des Vollzugs zu danken: Menschen wie Dorothea Müller zum Beispiel, die ehrenamtlich Gefangene besuchen, in Kontakt und Beziehung gehen und sich weder vom System noch von den seelischen Verletzungen der Gefangenen schrecken lassen. Zu erwähnen auch noch die, die sich in einer unmenschlichen Umgebung ein Stück innere Freiheit und Menschlichkeit bewahrt haben (im Roman sind es Figuren wie der Vollzugsbeamte „Papa Witt" oder die Mitgefangenen „Kemal" und „Pino").

Der Knast als „totale Institution" steht für totale Überwachung, für Gewalt, für die Verhinderung von Normalität und Beziehung, für ungeliebtes Leben und isoliertes Leiden. Hier wird nicht nur die Freiheit entzogen, sondern vor allem das Gefühl, ein Mensch zu sein. Unser ganzes Wissen über Menschwerdung, über die Entwicklung unserer Liebes- und Beziehungsfähigkeit sowie die kulturelle Befähigung zur Teilhabe und Übernahme von Verantwortung werden in einer Vollzugsanstalt „außer Vollzug" gesetzt. Die Wissenschaft beschreibt dies mit Begriffen wie „Deprivation" und „Diskulturation".

Ich sehe es heute so: Wenn der politische Gestaltungswille hinter langjährigen wissenschaftlichen Erkenntnissen zurückbleibt, so mag dies eher eine Aussage über die Erhaltung von Kriminalität sein als über deren Verhinderung.

Dorothea Müller vermittelt mit ihrem Roman „Tom" nicht nur einen intensiven und realistischen Einblick in die besondere Welt „Gefängnis". Sie verhilft auch dazu, das Leiden von „Tom" als einem typischen Gefangenen „mitfühlbar" und verstehbar zu machen.

Erhard Ufermann
(ehemaliger Gefängnisseelsorger in der JVA Wuppertal)

Vorwort

Wenn ich sage, dass Tom nur ein Produkt meiner Fantasie ist, stimmt das nicht ganz. Denn ich bin Tom begegnet. Immer wieder. In verschiedener Gestalt und an verschiedenen Orten. Nicht nur im Knast.

Der Knast ist ein besonderer Ort, eine Parallelwelt mit eigenen Gesetzen. Hart und unerbittlich. Und doch für so manchen auch ein mit hohen Mauern umschlossener Schutzraum, der Fürsorge und Struktur gibt. Eine geradezu pervertierte Realität von Tätern und Opfern – Bewachern und Überwachten. Die Grenzen sind fließend und nicht immer klar erkennbar.

„Im Namen des Volkes."

Was endet, was beginnt, wenn der Schlüssel sich dreimal in den Schlössern der Zellentür gedreht hat? Dieses Buch berichtet davon.

Tom ahnt irgendwann, dass er es ist, der sein Leben in die Hand und in seine Verantwortung nehmen muss. Hoffen wir mit ihm, dass es gelingen wird!

Dorothea Müller, Wuppertal im Oktober 2015

Tom blinzelt gegen die Sonne und schiebt sich einen Grashalm zwischen die Zähne. Er klemmt die Daumen in den Hosenbund und trommelt mit den Fingern einen lockeren Rhythmus auf seine Bauchdecke. Der Schritt ist leicht und federnd, vor der Brücke ein kurzes Zögern: Soll er sich nach rechts wenden, den Fluss entlanggehen, dessen Weg sich zwischen Kopfweiden schlängelt? Es riecht modrig, halb vertrocknete Apfelsinenschalen leuchten zwischen verbranntem Gras. Kohlgeruch vermischt sich mit dem Gestank schalen Bieres.

Das Zetern der Mutter wetteifert mit dem Kreischen der Wellensittiche, verwaschene Laken hängen tropfnass zwischen Apfelbäumen, die längst keine Früchte mehr tragen. Eine rote Plastikschüppe liegt auf dem rostigen Autowrack in der Hofecke. Für einen Augenblick hält er den Atem an. Nein, heute wird er über die Brücke gehen. Heiß pocht der Asphalt unter den dünnen Sohlen seiner Slipper, Sonne brennt auf seinen nackten Armen. Er hält das Gesicht gegen den Wind. Die Finger spielen mit dem silberglänzenden Autoschlüssel.

Bald hat er den Wagen erreicht, kurbelt die Fenster herunter; aus der Stereoanlage dröhnt Satchmo, das Blech vibriert unterm bebenden Wummern der Lautsprecher: „*What a wonderful world* …“. Hell glänzt das Meer am Horizont, Palmen wiegen sich im Wind. Paare tanzen eng aneinander geschmiegt unter sternglitzerndem Himmel. Eiswürfel in feucht beschlagenen Gläsern. Er parkt den Wagen direkt vor der Hotelterrasse und wirft dem Boy lässig den Autoschlüssel zu. Die Band spielt Reggae. Kim kommt ihm mit wiegenden Hüften entgegen, sie nimmt seine Hand. Wie in Trance folgt er ihr, das kurze Stück über den Rasen, durch kühle, halbdunkle Gänge.

Absätze klappern auf metallenen Stufen. Türen öffnen und schließen sich. Schlüssel rasseln, heisere Rufe. Die letzten Takte des Reggae verklingen: „Abteilung zwo zur Freistunde ausrücken!“, bellt es aus dem Lautsprecher.

Tom umklammert die Stuhllehne so fest, dass die Knöchel weiß hervortreten. Schweißnass klebt ihm das Hemd auf der Schulter. Die Sonne zeichnet ein strenges, gittriges Muster auf die graue Wolldecke. Er spuckt den halb zerkauten Grashalm auf den Zellenboden, schiebt sich eine Selbstgedrehte in den Mund, inhaliert ein, zwei hastige Züge und sieht dem Rauch nach, der sich zur weißgekalkten Decke kräuselt.

Er legt das Ohr an die Zellentür. Der Spion bietet nur von draußen Einblick. Verzerrte Stimmen. Hoffentlich hat Papa Witt heute Dienst, der sperrt die drei Schlösser seiner Zellentür meist schon fünf Minuten vor dem offiziellen Umschluss* auf.

Heute kommt Fußball, Bayern gegen Schalke. Er wird das § 69 S. 157 Spiel nicht bis zum Ende sehen können, um 22 Uhr ist Schicht – Nachtruhe. Das Licht wird zentral abgeschaltet. Einen eigenen Fernseher hat er nicht auf der Hütte. Er sitzt noch nicht lange genug , um einen Antrag stellen zu dürfen.

Tom hängt den Tauchsieder in den Blechnapf. Heute war § 3 S. 143 Einkauf, da hat er sich ein Päckchen Jacobs-Kaffee geleistet. Sauteuer ist der, aber der Händler will Mäuse sehen, wenn er schon in den Knast kommt. Er muss sparsam mit der Bombe* sein, den letzten Koffer* hat er schon eintauschen müssen, damit Placido ihm einen Vormelder* schreibt.

Einen Vormelder muss er ausfüllen, damit er den Pfarrer oder den Sozialarbeiter sprechen kann oder wenn er sich zu einer Gruppe anmelden will. Placido macht gute Geschäfte. Er schreibt problemlos auf deutsch und kann für seine spanischsprechenden Kumpel den Dolmetscher machen. Nichts ist umsonst im Leben, hier schon gar nicht. Tom muss immer wieder löhnen. Er hat Probleme, wenn er „Pfarrer" schreiben soll oder den Namen eines Sozialarbeiters, hätte er wohl nicht so oft schwänzen sollen in der Schule. Hat oft verpennt, weil die Mutter ihn nicht geweckt hat. Dann keine Böcke mehr, weil er sowieso nichts mehr geschnallt hat – hat sich nicht mehr gelohnt. Die Mutter kann auch nicht schreiben und der Vater hat sich längst das Hirn weggesoffen.

Hier im Knast kann er den Schulabschluss machen. Vielleicht macht er das. Dafür muss er aber zum Sozialarbeiter und darum braucht er den Vormelder. Scheiße, ist alles so umständlich!

§ 2
S. 143

Gestern hat ihn der Seelenklempner auf dem Flur angequatscht. Der soll sich lieber um die Kinderficker kümmern, diese perversen Schweine, niemand kann die hier leiden. Manchmal kriegen die in der Dusche eins in die Fresse. Auch er hat da manchmal Schiss, weil Gilbert, den sie „die fromme Helene" nennen, ihn mal blöd angemacht hat. Dass Dante ihm dafür in den Arsch getreten hat, hat geholfen, zumindest erstmal. Normalerweise ist Tom für Dante Luft. Der würde nie ein Wort mit ihm wechseln, spielt in einer anderen Liga. Zocker und Zuhälter, selbst die Schließer* haben vor dem Respekt. Die meisten jedenfalls. Es heißt, dass Dante jederzeit an Stoff kommt, aber vielleicht ist das nur ein Gerücht.

Ob der Witt krank ist? Wird langsam Zeit mit dem Umschluss.

Gestern war Besuchstag, seine Freundin war da. Hat gesagt, dass Schluss ist, will nicht noch zwei Jahre auf ihn warten. Was heißt ‚Freundin', hier drin sind das ‚Verlobte'. Ist besser so, wenn es mal um Hafterleichterung geht.

Natürlich wird er niemandem sagen, dass die nicht mehr will. Da erzählt er lieber, dass sie ihm im Besuchsraum in die Hose gelangt hat, als der Grüne gerade mal nicht aufgepasst hat. Oder er hat vielleicht doch aufgepasst und sich daran aufgegeilt, irgendwas wird ihm schon einfallen. Es gibt hier drin so viele Geschichten. Einmal soll sogar einer seine Braut geschwängert haben, hier im Knast. Aber das ist schon ein paar Jahre her.

Hoffentlich hat der Besuchsbeamte wirklich nicht bemerkt, dass die dumme Kuh Schluss gemacht hat. Vielleicht war das mit dem Seelenklempner kein Zufall, die sehen einen hier nicht gerne am Gitter baumeln, ist nicht gut für den Ruf. In die Überwachungszelle will er schon gar nicht, da kontrollieren sie einen alle fünfzehn Minuten.

Wo der Witt nur bleibt!

Über und neben ihm wird es unruhig. Vor dem Zellenfenster wird gependelt. Hundegebell auf den Gängen. Drogenrazzia! Hat da einer gesungen oder ist das eine Routinekontrolle? Scheiße, da kann er sich den Fußball abschminken! Ist nix mit Umschluss heute, jeder bleibt auf seiner Hütte.

Er haut sich auf seine Pritsche mit dem blaukarierten Bettzeug, verschränkt die Arme hinter dem Kopf und schließt die Augen. Die Weigand. Warum fällt ihm ausgerechnet jetzt die Weigand ein? War seine Lehrerin seit der ersten Klasse, klein war die und spillerig und hatte winzige Füße. Und immer Gummibärchen in der Tasche, die Grünen mochte er am liebsten.

Irgendwann hat er sie mal im Park gesehen, kurz vor Neujahr muss das gewesen sein. Mit ihrem Mann und den Kindern. § 3 S. 143 Das Größere saß bei dem Alten auf der Schulter und sie hatte ein Baby im Tuch vor sich baumeln. Sah irgendwie blöd aus. Er hätte damals Lust gehabt, ihr ein paar Silvesterknaller zwischen die Beine zu schmeißen, da wäre sie gehüpft wie ein Känguruh … Hatte aber leider keine dabei. Stattdessen hat er dann beim Weggehen ein paar Autospiegel zertrümmert. Komisch, er kann sich bis heute nicht erklären, warum er das damals gemacht hat. Da war plötzlich so eine riesige Wut! Er hätte auf einmal alles in Klump hauen können, alles. Einfach so. Warum bloß? Ist doch egal. Vorbei ist vorbei!

Heute hat ihn plötzlich der Pfarrer besucht. Der katholische, obwohl Tom evangelisch ist, wenn überhaupt. Der Pfarrer hat ihm gesagt, dass die Oma gestorben ist und hat ihm dann einen Schokoriegel geschenkt. „Oma hat sich doch schon vor vielen Jahren verabschiedet“, denkt Tom. War im Pflegeheim und hat niemanden mehr erkannt. Früher hat sie oft Waffeln gebacken und „Am Brunnen vor dem Tore“ gesungen. Er durfte sich immer ein Herzchen abreißen von den Waffeln, wenn die fertig waren.

§ 157
S. 164

Später war dann auch die Oma fertig, da hatte die selber einen an der Waffel. Aber das kann der Pfarrer natürlich nicht wissen oder sogar sagen. Tom schaut zu Boden, weil er denkt, dass man das so macht, wenn eine Oma tot ist. Zur Beerdigung will er nicht. Nicht mit Handschellen und einem Uniformierten, nee danke!

Als der Pfarrer weg ist, muss Tom noch immer an die Oma denken. Sie hat so eigenartig gerochen. Nach Mottenpulver und Lavendel oder wie das Zeug heißt. Ihre Hände waren voller Sommersprossen, die Finger krumm und knotig. Aber sie konnte ihm damit trotzdem einen pillegeraden Scheitel ziehen. Obwohl er es nicht leiden konnte, wenn sie ihm dafür die Haare nass gemacht hat. Viel schlimmer allerdings war, wenn sie ihm das Rübenkraut aus den Mundwinkeln wischen wollte. Dann hat sie auf ihr Taschentuch gespuckt und ihm mit dem Spucketuch über den Mund ... Mein Gott, war das immer eklig!

Jetzt fällt ihm nicht mal mehr ein, wie sie mit Vornamen hieß, die Oma.

Kann man Alzheimer eigentlich erben? Liegt das dann in der Familie und kann er das auch kriegen? Hätte er besser mal den Pfarrer gefragt, wo der schon mal da war.

War arschkalt beim Hofgang* heute. Da ist er froh, dass er wieder auf der Hütte ist. Wird früh dunkel in den letzten Tagen.

Manchmal, wenn er nicht schlafen kann, steigt Tom auf den Hocker und guckt zum Zellenfenster raus. Dann überlegt er, in welcher Richtung sein Dorf liegt.

Kemal hat mal gefragt, wo Osten ist. Der ist Moslem und muss in eine bestimmte Richtung beten. Komisch, hockt deren Gott nur in einer bestimmten Ecke? Der Pfarrer sagt doch, dass der überall ist. Tom findet das unheimlich – ‚überall', das geht doch gar nicht. Er hat mal was vom All gehört, das auch ‚Universum' heißt. ‚Über-All', ist das dann mehr oder was? Da kann einem schwindelig werden im Kopf.

Die Sterne schaut er gerne an. Von der Milchstraße weiß er. Komischer Name, ‚Milchstraße'. Venus gibt es auch und den Polarstern. Ob es in der Bibliothek ein Buch über Sterne gibt? Könnte er sich eigentlich mal angucken, die Bilder.

In der letzten Zeit kann er schlecht schlafen. Da kommt er kaum aus dem Quark, wenn er um sieben Uhr ausrücken muss. Er macht Lohnarbeit für eine Firma draußen, dafür kriegt er dreißig Euro im Monat gutgeschrieben. Fünfzehn darf er verbraten, der Rest kommt auf ein Konto für später. Theo hat gesagt, dass das eine Riesensauerei ist. Die schmeißen draußen die Leute raus und lassen ihr Zeug billig im Knast machen. Das geht Tom am Arsch vorbei, Hauptsache die Zeit geht rum und er ist nicht allein auf der Hütte.

Seit ein paar Wochen drechselt er abends in der Schreinerei Kerzenhalter aus Holz. Die sind für den Adventsbasar. Da kommen Leute von draußen und kaufen Sachen, die die Knackis gemacht haben. Für das Geld werden Spiele und Bastelmaterial angeschafft. Micki hat eine Krippe gemacht, mit Maria und Josef und dem Jesuskind. Die soll an dem Tag versteigert werden.

Tom muss lachen. Er erinnert sich, dass er mal bei einem Krippenspiel mitgemacht hat. Ganz stolz hat er auf der Bühne gestanden und hat dem Jesus verkündet: „Ich bringe dir Weihrauch, Möhren und Gold!“ Das mit den Möhren hat er erst später geschnallt, ein bisschen peinlich war das. Die Weigand hätte ja echt mal was sagen können damals. Hat sie aber nicht.

Die Geschichte vom St. Martin hat er total bescheuert gefunden. Da haut der Typ seinen Mantel in der Mitte durch und schenkt die eine Hälfte dem Bettler. Da hat der doch garantiert weitergefroren, der Bettler und der Martin auch, mit dem halben Mantel an. Aber die Weigand hat dann gesagt, dass das ein Gewand gewesen sei. Gewand! Das ist ein großer Umhang oder so. Da hat es vielleicht doch gereicht für beide, wenn sie sich darin eingewickelt haben.

Die könnten hier auch ein bisschen mehr heizen. So ohne Jacke ist die Hütte nicht gerade gemütlich. Das Zellenfenster schließt nicht richtig, da zieht es ganz schön rein. Die Mutter hat mal einen meterlangen Stoffdackel angeschleppt, den hat sie vor die Haustür gelegt, damit die Kälte draußen bleibt.

Im Winter ist er eigentlich ganz gern in die Schule gegangen. Da war es schön warm. In der Adventszeit haben sie

Teelichter auf die Tische gestellt und die Vorhänge zugezogen, das fand er immer schön.

Einmal hat der Rektor bei der Weihnachtsfeier Klavier gespielt. Alle haben damals so doll geklatscht und mit den Füßen getrampelt, dass der das Stück noch einmal spielen musste. Es hieß „Petersburger Schlittenfahrt“, das weiß Tom noch genau. Er erinnert sich nicht mehr an die Melodie, aber an das warme Gefühl im Bauch, und dass er selbst genau die Glöckchen gehört hat, als der Rektor gespielt hat.

Bei der Essensausgabe hat es heute Zoff gegeben. Herbert hat einen blöden Witz gemacht und der Pino hat ihm voll eine reingesemmelt. Mit Schmackes, exakt auf die zwölf! Jetzt ist der Herbert beim Sani und der Pino hockt in der Arrest-Zelle*. Die Arrest-Zelle ist superbeschissen. Die Pritsche ist aus Beton und es gibt kein Klo. Nur ein Loch im Boden. Fenster ist auch nicht. Tom hat da auch mal ein Wochenende drin verbracht. Ganz am Anfang, als er die Spielregeln noch nicht kannte. War heftig, echt, ihm wird jetzt noch ganz kalt.

Jetzt sind alle mal gespannt, wie lange der Pino da drin bleiben muss. Man munkelt, dass der was mit der Mafia zu tun hat. Der ist auch erstaunlich schnell Hausarbeiter geworden, verteilt Essen und darf sich bewegen. Da wundert man sich schon mal, aber natürlich nicht laut. Der Otto hat nicht so gute Beziehungen. Hat immer wieder über Schmerzen in der Brust geklagt. Als er endlich einen Termin bei der Anstaltsärztin gehabt hat, hat die gemeint, dass er nur simuliert und was rausschinden will. Ein paar Tage später lag er dann bewusstlos in der Zelle. Da hatten sie es plötzlich eilig, ihn ins Haftkrankenhaus zu bringen. Gehört hat man danach nichts mehr von ihm. Vielleicht weiß Papa Witt was, Tom will ihn gleich fragen.

Diese Ärztin ist sowieso ein Kapitel für sich. Es heißt, dass sie eigentlich nicht mehr auf die Menschheit losgelassen werden darf, da soll mal was gewesen sein. Aber hier kommt es nicht so drauf an und an den Knackis kann die Schnepfe ihre miese Laune auslassen. Nur bei denen, die einen Betreuer von draußen haben, ist sie vorsichtig. Das sieht selbst ein Blinder mit Krückstock.

Tom hatte auch mal eine Betreuerin. Aber nur für ein paar Wochen. Die kam alle vierzehn Tage und hat ihn zugetextet. Gut, Schokolade hatte die auch dabei, aber einen Koffer ließ die nicht springen, aus Prinzip nicht. Mit so einer Betschwester kann er nichts anfangen, da regt er sich nur tierisch drüber auf. Die hat auch bald eingesehen, dass es keinen Zweck mit ihm hat.

Er kann sich nicht verstellen, so wie zum Beispiel der Andy. Der lernt immer wieder Frauen kennen, über die Zeitung. Es muss Frauen geben, die auf Knackis geil sind und der Andy weiß genau, worauf die Schnallen abfahren. Der nimmt die aus bis zum Geht-nicht-mehr. Dafür kriegen sie Briefe, in denen er sie ansülzt. Dann malt er noch ein paar Herzchen und Röschen drumrum – und ab geht die Post! Hintenrum macht er sich über die lustig.

Einen Betreuer von drinnen hat Tom auch. Den hat jeder. Das ist einer von den Schließern, zu dem man ein Vertrauensverhältnis aufbauen soll. Spinnen die? Da soll man einen auf Freundschaft machen und anschließend sperrt der Typ einen ein. Schließt der die drei Schlösser ‚vertrauensvoll' zu oder was? Die sich das ausdenken, die sollte man mal einknasten, dann könnten die das mal ausprobieren! Echte Freundschaft gibt es sowieso nicht, Tom glaubt nicht mehr dran. Jeder ist sich selbst der Nächste!

Kurz nach dem Einschluss am Abend breitet sich Unruhe aus. Blaulicht flackert, Martinshörner kommen näher und verstummen abrupt: Klopfzeichen an Wänden und den Rohren entlang morsen Informationen. Tom kann die Zeichen nur unzureichend deuten, aber alle Indizien zeigen, dass ein großes Ding im Gang ist. Spätestens bei der morgendlichen Essensausgabe wird er erfahren, was Sache ist. Pino als Nachrichtenbörse ist zuverlässig und immer top informiert. Der war übrigens nach drei Stunden wieder aus der Arrestzelle raus. Das ist Rekord, da ist sich Tom sicher.

Seit Kemal zusammen mit Pino in der Schreibwerkstatt ist, profitiert Tom von deren Knastfreundschaft. Da gibt es schon mal eine Extraportion Käse oder ein Ei für ihn. Kemal ist nicht viel älter als Tom, aber er ist irgendwie anders. Tom ist froh, dass Kemal mit ihm Umschluss macht. Bis vor ein paar Tagen war auch Conny mit dabei. Der ist aber raus, hat Glück gehabt, Weihnachtsamnestie. Der Pfarrer wird den vermissen. Hat den Messdiener gemacht und die Kirche immer so schön mit Blumen dekoriert, wie das sonst keiner hinkriegt.

Jetzt hat sich der Tätowierte auf den Posten gemeldet, den kennt jeder. Das ist der bunte Hund im Knast, die laufende Leinwand. Soll überall Tattoos haben, außer auf dem Pimmel. Tom hat das nicht nachgeprüft, wird aber stimmen. Der Tätowierte redet wenig. Und wenn, dann stottert er erbärmlich. „Der quatscht wie ein Prostatakranker pieselt", hat Fred gelästert. Ausgerechnet Fred! Der sollte lieber den Mund halten, denn der schielt so grauenhaft wie … Tom fällt im Moment kein Vergleich ein, aber er wird noch drüber nachdenken. Ob der Pfarrer den als Messdiener nimmt? Könnte sein, dass ihm dann niemand mehr zuhört, weil jeder die laufende Leinwand anstiert. Ist aber nicht Toms Problem. Der hat mit der Kirche nichts am Hut.

Jetzt, so kurz vor Weihnachten, ist im Knast eine eigenartige Stimmung. Viele haben Paketmarken* beantragt, denn

§ 33
S. 151

zum Fest dürfen Inhaftierte ein Paket von draußen erhalten. Ist genau vorgeschrieben, was drin sein darf. Die Paketmarke muss deutlich neben der Anschrift pappen und natürlich wird der Inhalt gründlich kontrolliert, bevor der Knacki sich freuen darf. Da haben die Beamten für Sicherheit und Ordnung alle Hände voll zu tun.

Tom hat keine Paketmarke beantragt. Wozu auch. Die Braut hat Schluss gemacht und seine Eltern lassen nie von sich hören. Na gut, er hat noch eine Schwester, die hat ihn sogar einmal besucht. Er hätte sie fast nicht mehr erkannt, so fett ist die geworden. Mit achtzehn ist die von zu Hause weg, hat bald das erste Kind gekriegt und dann noch drei hinterher. Von verschiedenen Männern.

Als sie zum dritten Mal schwanger war, hatte er sie zuletzt gesehen. „Guter Hoffnung", hatte sie gesagt. Hoffnung worauf? Dass mal einer von den Typen Unterhalt zahlt oder was? Da hat sie sich geschnitten. Gut, dass das Jugendamt einspringt, vorläufig jedenfalls und solange die Brut noch klein ist. Tom glaubt schon, dass sie gut für die Kleinen sorgt. War schon immer 'ne Kümmertante, die Schwester. Leider total verpeilt, was Männer angeht. Glaubt jedes Mal, dass es die große Liebe ist.

Nee, er hat der Schwester keine Paketmarke geschickt. Die hat selbst genug am Hals.

Am Morgen ist klar, was es mit dem nächtlichen Spektakel auf sich hatte.

§ 154 S. 163

Wegmann hat sich erschossen! Kurz vor Feierabend, mit der Dienstwaffe im Umkleideraum. Tom kann es fast nicht glauben. Warum macht so einer das? Hatte doch ‚Lebenslänglich' mit Pensionsberechtigung von Väterchen Staat! Man munkelt, dass er private Probleme hatte. Haben die Grünen ein Privatleben? Tom kann es sich beim besten Willen nicht vorstellen.

Außer bei Papa Witt vielleicht, der wirkt wie ein echter Mensch. Aber die anderen?

Wegmann war so ein blasser, stiller Typ. Tom hat ihn nicht näher gekannt, weil der in einer anderen Abteilung Dienst geschoben hat. War irgendwie unauffällig, nur seine Hosen waren immer zu kurz, hatten Hochwasser.

Jetzt hat er sich vom Acker gemacht. Bei seinen Kollegen scheint das ordentlich reingehauen zu haben. Sie stehen in Grüppchen auf dem Flur und reden. Aber ihre Gespräche verstummen, wenn der gemeine Knacki sich nähert. Nur Pino darf mal kurz bei ihnen stehen bleiben und ein paar Worte mit ihnen wechseln. Heute Abend, beim Umschluss, wird Tom sicher mehr erfahren.

Es ist Heiligabend, achtzehn Uhr. Tom versucht, seinem Gefühlschaos Herr zu werden. Vor einer Stunde schon war Einschluss, weil nur eine Notbesetzung Dienst hat, die Schließer wollen auch Weihnachten feiern. Also gibt es heute keinen Umschluss. Jeder hockt allein auf seiner Hütte und es ist merkwürdig still. Selbst der Verkehr auf der Autobahn, der immer wie ein gleichmäßiges Rauschen klingt, scheint verstummt zu sein.

Tom hat das Gefühl, als kämen die Wände auf ihn zu. Die Rohre klingen, als würden sie Seufzer und heisere Stimmen transportieren. Wenn er doch mit Kemal zusammen sitzen könnte! Da wäre er abgelenkt von seinen Gedanken und merkwürdigen Gefühlen, die ihn heute hinterrücks überfallen und erbarmungslos im Griff haben. Er kann sich nicht erinnern, wann er das letzte Mal geheult hat. Doch heute hat es ihn voll erwischt. Es hat ihn geschüttelt mit einer Macht, der er nichts entgegensetzen konnte.

Das Gesicht hatte er im Kissen vergraben, damit kein Laut nach außen dringt. Hat sich in die Fäuste gebissen und sich wie ein kleines Kind zusammengerollt. Hätte nur noch gefehlt, dass er sich den Daumen in den Mund gesteckt hätte!

Jetzt läuft er in der Hütte rum, drei Schritte bis zur Wand und wieder zurück. Raucht wie ein Ketzer und möchte sich am liebsten eine Flasche Klaren reinballern, um die Gedanken zum Schweigen zu bringen.

Am Nachmittag war er im Weihnachtsgottesdienst gewesen. Kemal und Pino hatten ihn überredet. Dass Kemal in die Kirche geht, hat Tom gewundert. Der hat ihm erzählt, dass Jesus bei den Moslems als Prophet gilt. Als Ankündiger von Mohammed, dem allergrößten Propheten. Hat Tom nicht gewusst, woher auch. Propheten sind doch die, die alles vorhergesagt haben, oder?

Tom brauchte früher kein Prophet zu sein, um zu wissen, dass bei ihm zu Hause Weihnachten immer in die Hose ging. Als er noch klein war, ist der Vater mal besoffen in den Tannenbaum gestolpert. Seitdem gab es nur noch einen künstlichen Baum mit elektrischen Lichterketten. Alle Jahre wieder. Statt der Heiligen Maria vertraute sich der Vater lieber ‚Mariacron' an, der Schutzheiligen der Monteure und der Gestrauchelten. Monteur war er mal gewesen, bevor der Suff ihn kaputtgemacht hatte.

Mutter war putzen gegangen, um die Familie über Wasser zu halten. Aber dann war sie krank geworden und als Omas Rente ans Heim ging, hatten sie von der Stütze* gelebt. Was heißt gelebt? Die hockten vor der Glotze und warteten auf den Sarg.

So wollte Tom nie leben! Hatte was ganz anderes gewollt. Jetzt hockt er hier in der Zelle. Allein. Starrt die Wände an, nur um die Augen nicht zum Tisch wandern zu lassen.

Denn da liegt das Ding, das den ganzen Gefühlswirbel in ihm ausgelöst hat. Oder hatte es schon in der Kirche angefangen, in ihm zu rotieren?

Zum Weihnachtsgottesdienst kommen immer Leute von draußen, um die Feier für die Gefangenen zu gestalten. Heute war da diese junge Frau gewesen, die gesungen hat. „Maria durch ein' Dornwald ging … da haben die Dornen Rosen getragen …". Komischer Text. Aber der Anblick der Frau hatte etwas in ihm ausgelöst, was er sich bis jetzt nicht erklären kann. Sie hatte einen grauen Rock und eine weiße Bluse an, trug schwarze Stiefel und eine grün gemusterte Stola um die Schultern. Ganz ruhig stand sie da und sang mit klarer Stimme dieses Lied.

Tom hatte mit Erschrecken bemerkt, dass ihm die Augen dabei feucht geworden waren. Aber der Blick zur laufenden Leinwand hatte ihn wieder ernüchtert. Der Junge hatte den Job beim Pfarrer wohl bekommen, denn er stand neben dem und sah wichtig in die Runde.

Später, als Tom wieder auf der Hütte war, kurz vor dem Einschluss am Nachmittag, ist dann der Pfarrer vorbeigekommen. Hatte ein Päckchen dabei, das er auf Toms Tisch gelegt hat. „Ein Gruß von draußen", hat er gesagt und dass es immer wieder Leute gebe, die einem Gefangenen eine Weihnachtsfreude machen möchten. Diesmal sei er, Tom, einer der Glücklichen, der eine Gabe erhielte.

Abgesehen davon, dass Tom fand, dass der Pfarrer reichlich geschwollen daherredete, sträubte sich in ihm alles, diese milde Gabe anzunehmen. Am liebsten hätte er gesagt, der Pfarrer solle sich das Ding sonstwo hinstecken. Aber da hatte er selbst deutlich das Gefühl, dass das ziemlich daneben sei.

Inzwischen hatte der Pfarrer eine Karte aus dem offenen Päckchen gezogen und begann, sie Tom vorzulesen. Tom versuchte, die Ohren auf Durchzug zu stellen, bekam aber noch mit, dass ein Mensch heute Abend an ihn dächte, der Paul Georg Soundso hieß.

All das war einfach zu viel gewesen. Erst die Tante in der Kirche, die das komische Lied geträllert hatte. Dann der Pfarrer mit dem Päckchen. Diese Stille. Die Einsamkeit und all die Erinnerungen, die hochkommen wollten und ihn dabei fast erschlugen. Die Heulerei und die Erschöpfung danach.

Er schlief unruhig in dieser Nacht zum ersten Weihnachtstag. Immer wieder wachte er auf. In den Schlafphasen geisterte ein Paul Georg durch seinen Traum. Der trug eine grün gemusterte Stola und verkaufte Rosen in einer Nachtbar.

Schon beim Aufwachen hat Tom gewusst, dass ein langer, öder Tag vor ihm liegt. Großer Weihnachts-Besuchs-Marathon, bei dem er nicht mitspielt, weil er nichts zu erwarten hat. § 23 S. 148

Kemal hat erzählt, dass seine Abla kommen wird. Dann hat er von Ayshe gesprochen. „Sind beide deine Schwestern?“, hat Tom von ihm wissen wollen. Kemal hat gelacht und gesagt, dass ‚Abla‘ ‚große Schwester‘ bedeutet und dass sie Ayshe heißt.

Wenn Kemal über seine Fragen lacht, dann klingt das immer nett und nie überheblich, wie Tom das von anderen nur zu gut kennt. Kemal hat ihn in der Werkstatt angelernt und kann alles so gut erklären, dass Tom es sofort versteht.

„Wie ein grosser Bruder", denkt Tom manchmal, obwohl er nie einen gehabt hat.

Kemal ist überhaupt nicht wie andere Türken. Tom ist den Kanaken bis jetzt immer aus dem Weg gegangen. Eigentlich kennt er sie gar nicht, hat aber keine gute Meinung über sie gehabt. Eben das, was die anderen auch dachten. Die Kumpel, mit denen er immer rumgehangen hatte.

§ 17 S. 145

Tom macht gerne mit Kemal Umschluss. Aber heute wird das nichts werden, denn aus organisatorischen Gründen fällt der heute aus. Den Hofgang wird er sich auch schenken. Scheiß Wetter, kalt und neblig! Und allein in der Hofecke rumzustehen, weil die anderen im Besuchsraum sind, ist auch nicht so witzig.

Das Zellenfenster ist voll dicker Eisblumen. Wie zugewachsen. Können Eisblumen blühen? Bestimmt nicht, denn dann würden sie ja auch verwelken. In letzter Zeit gehen ihm oft so komische Gedanken durchs Hirn. Das kommt bestimmt davon, wenn man so viel allein ist. Kein Radio, kein Fernseher, kein Handy. Manchmal ertappt er sich dabei, dass er vor sich hinbrabbelt. Ganz schön unheimlich, so was machen doch sonst nur Bekloppte oder alte Leute.

In weiser Voraussicht hat er sich für die Weihnachtstage ein Buch ausgeliehen. Eigentlich ist nicht er drauf gekommen, Kemal hatte ihm den Tipp gegeben. Ein Buch über die Sterne gab es nicht. Da hat er einen Bildband über Kanada mitgenommen. Mit dem Lesen, das ist nicht so sein Ding.

Das Päckchen auf seinem Tisch hat er immer noch nicht angerührt. Nur die Karte hat er lange in der Hand gehalten. Sie zeigt ein verschneites Bergdorf. Aus den Fenstern leuchtet warmes Licht. Kein Mensch ist zu sehen. Aber er stellt sich vor, wie sie in den Häusern sitzen, um den Familientisch im Wohnzimmer, in der Küche oder auch allein in der Dachkammer. Immer ist einer allein. Und die, die nicht allein sind, können auch einsam sein. Das weiß er.

Aber er hat es so klar noch nie gedacht. Und er weiß auch, dass er diesen Gedanken morgen nicht mehr zusammenkriegt, sonst könnte er Kemal davon erzählen.

Dass dieser Paul Georg an ihn denkt, stört ihn irgendwie. Der macht sich ungefragt in seiner Hütte breit. Und seine milden Gaben … scheiß doch drauf!

Irgendwann, als die Langeweile unerträglich wird, riskiert Tom doch einen Blick in das offene Päckchen. Da sind Plätzchen drin, eine Tafel Schokolade, ein Koffer und ein Stoffbeutel mit vielen bunten Pappteilen.

Ein Puzzle? Nein, da sind so viele unterschiedliche Formen – gestreift, gepunktet, kariert, einfarbig. Kleinere und größere. Dazu eine Menge Teile, mit denen man den Pappsalat zusammenstecken kann, wie Tom schnell herausfindet. Er kann nicht widerstehen und so wachsen aus seinen Händen auf einmal die verrücktesten Objekte. Gebilde wie Häuser, Phantasietiere und Figuren wie aus einer Zauberwelt. Tom vergisst alles um sich herum: Die Hütte, den Knast, er fühlt sich plötzlich wieder wie damals als kleiner Junge. Kam ihm auf einmal vor, als hätte er sich früher mal seine Welt gebaut, bevor er aus seinem Paradies vertrieben wurde.

Als er später alles wieder auseinanderpflückt und im Stoffbeutel verstaut, hat er schon wieder feuchte Augen. Aber diesmal fühlt er sich irgendwie anders und gut dabei.

Kemal meint, Tom müsse sich für das Päckchen bedanken. Das geht ihm total gegen den Strich. Weil er das einfach nicht kann, das Bedanken, das Schreiben. Briefpapier hat er auch keins.

Zum Glück für Tom findet die Diskussion darüber ein schnelles Ende, denn auf dem Flur ist ein Riesen-Theater im Gang. Schnelle Schritte, Geschrei. Pino brüllt: „Beruhige dich, du Arsch!“ Zwei Grüne versuchen, Uli festzuhalten, der wild um sich schlägt und wilde Flüche ausstößt.

Bevor einer der Beamten die Acht* um Ulis Handgelenke klicken lassen kann, reißt der sich mit einer letzten Kraftanstrengung los, sprintet über den Flur und jumpt über das Geländer des dritten Stocks, um sich in die Tiefe zu stürzen. Dort fängt ein Stahlnetz ihn auf. Jetzt ist ihm erst einmal der Ton abgedreht, der Rest wird sich zeigen.

Alarm auf allen Fluren! Hastig wird der Umschluss beendet und innerhalb kurzer Zeit ist jeder wieder auf seiner Hütte, die drei Schlösser der Stahltür fest verriegelt.

Typischer Fall von Samenkoller, vermutet Tom.

Uli gehört zu denen, die mit der totalen Abstinenz nicht klarkommen. Man munkelt zwar, dass hier dem Essen etwas beigemischt wird, das den Trieb beruhigen soll, „Hängolino“ genannt. Tom weiß nicht, ob das stimmt, hält es aber für möglich.

Für Uli scheint die Dosis zu knapp gewesen zu sein – oder die Pin Up-Galerie in seiner Zelle hat ihm den Rest gegeben. Aufgeblasene Titten und halb geöffnete Schenkel … Tom findet das als Wichsvorlage einen Tick zu heftig, ihn würde das ankotzen. Aber offen würde er das nie zugeben. Hier protzt man mit seiner Potenz und den Weibergeschichten: Wie man die Schnallen reihenweise flach gelegt hat … und wie sie fast Schlange standen, um beglückt zu werden! Mein Gott, was machen die armen Mädchen jetzt nur, wenn all die tollen Hechte im Knast sitzen und unerreichbar sind?

Natürlich hat Tom damit auch seine Probleme. Aber das hat nicht nur mit dem Eingesperrtsein zu tun. Denn draußen lief auch nicht alles glatt.

Gut, er hatte Freundinnen. Und nach dem Bumsen war der Druck immerhin weg, aber irgendwie war danach immer ein Gefühl der Leere. Er hat sich das nie erklären können. Hier im Knast ist ihm das erst irgendwie klarer geworden. Wenn er sich erleichtert hatte und sich danach so unendlich traurig und einsam fühlte.

Darüber kann er hier mit keinem sprechen. Die würden ihn auslachen. So erzählt auch er seine Märchen, wenn es sein muss.

Die Schwulenschiene ist nichts für ihn. Er findet das als Gelegenheitslösung o.k., aber für ihn ist das kein Thema. Er kann sich nicht vorstellen, hier zum Teilzeit-Homo zu werden.

Den Redakteuren der Knastzeitung kommt der Uli-Vorfall gerade recht, da ist sich Tom sicher. Es wird schon lange überlegt, Begegnungszellen einzurichten, wo Paare sich ohne Aufsicht mal für ein paar Stunden treffen können. In einigen Knästen hatte man gute Erfahrungen damit gemacht.

Vor ein paar Monaten hat einer seine Braut allerdings in so einer Sonderzelle abgemurkst, weil sie Schluss machen wollte. Deshalb geht jetzt die ganze Diskussion wieder von vorne los. Tom hält das für blödsinnig. Man verbietet ja auch keine Messer, bloß weil man damit jemanden abstechen könnte.

Tom gehen viele Gedanken im Kopf herum. Gedanken an früher. Die Gedanken an später drängt er sofort aus seinem Hirn, weil sie ihm Angst machen. Früher war besser, bevor die Kacke gedampft hat.

Ihm fällt das Hochzeitsbild seiner Eltern ein, das seit Urzeiten bei denen auf der Anrichte steht. Da guckt der Vater frisch aus der Wäsche und hat den Arm um die Mutter gelegt. Die himmelt ihn an, als wär er der Größte.

Ob die sich wirklich mal geliebt haben, so ganz am Anfang? Tom kann sich das kaum vorstellen. Scheiße. Irgendwann geht im Leben alles den Bach runter.

Heute ist Kemal auf der Palme, er flucht abwechselnd auf deutsch und auf türkisch. Tom braucht eine Zeit um zu kapieren, was passiert ist.

Kemal hat Besuch gehabt. Diesmal war sein Bruder da. Wagner hat im Besuchsraum Aufsicht gehabt, der macht § 23 S. 148 sonst Pfortendienst. Wagner ist ein Schwein, es ist bekannt, dass er die Besucher absichtlich lange warten lässt. Dann tut er so, als würde er telefonieren oder die Einträge im Besuchsbuch kontrollieren. Am liebsten macht er das, wenn es stürmt und regnet und die Besucherschlange im Freien immer länger wird.

Vor allem auf Ausländer hat er es abgesehen. Da versteht er grundsätzlich Bahnhof und will den Namen des Häftlings, der besucht werden soll, schriftlich haben. Am liebsten von denen, bei denen er annimmt, dass sie nicht oder kaum schreiben können.

Manch ein Besucher ist nach dieser Prozedur völlig aufgelöst im Besuchsraum angekommen. Der ein oder andere hat seinen Frust dann beim Knacki abgeladen und etliche Besuche sind wegen dem schon vorzeitig beendet worden.

Man munkelt, dass Wagners Tochter vor Jahren von einem Türken angefixt worden ist. Daher sein Hass auf die Kanaken, wie er sie offen nennt. Ob die Geschichte stimmt – wer weiß. Manchmal ist ja was dran. Fakt ist, dass Wagner eine echt schräge Socke ist.

§ 84 S. 158 Heute hatte er es auf Kemal abgesehen. Hat während der Besuchszeit dem Sicherheits- und Ordnungsdienst eine verdächtige Transaktion zwischen den Brüdern gemeldet. Als Kemal nichtsahnend zurück auf die Hütte will, wird er abgefangen: Leibesvisitation!

Kemal darf sich splitternackt ausziehen und alle Körperöffnungen kontrollieren lassen. Selbst die Kontrollettis haben nicht daran geglaubt, was zu finden. Aber sie mussten eben ihre Pflicht tun.

In Kemal kocht es noch immer. Wagner, der Giftzwerg mit den abgekauten Fingernägeln! Auf der Glatze von dem kleben die letzten Haarsträhnen, in lichten Reihen geordnet. Dieser Spasti!

Jeder weiß, dass Wagner nicht die hellste Kerze im Leuchter ist. Aber hinterfotzig ist der und gemein. Irgendwann wird Kemal es ihm heimzahlen, nur Geduld.

Der Tag wird kommen. Während Tom und Kemal mit dem Steckspiel verrückte Figuren zaubern, beruhigt der sich langsam.

Dass der aber wieder mit der „Du-musst-dich-dafür-bedanken-Litanei" anfängt, geht Tom gegen den Strich. Nachdem Kemal Briefpapier und Umschlag entschlossen auf den Tisch geknallt hat, gibt er um des lieben Friedens willen nach. Mit seiner Hilfe gelingt es Tom, ein paar Sätze zu schreiben:

§ 28
S. 149

Lieber Paul Georg Schulte
Danke für das Päckchen.
Das Steckspiel ist toll.
Tom K.

„Na, geht doch", bemerkt Kemal, schreibt selbst die Anschrift auf den Umschlag und beklebt ihn mit einer Marke.

Tom lässt ein paar Selbstgedrehte rüberwachsen. Das ist seine Art, „Danke" zu sagen. Später, als er längst wieder auf seiner Hütte ist, merkt er, dass sich das ganz gut anfühlt. Das mit dem Bedanken.

Seit Tagen regnet es ununterbrochen. Also kein Hofgang. Stattdessen geht es in die Sporthalle. Doch da darf man nicht mal rauchen. Man steht blöd rum oder geht im Kreis. Da kann Tom gleich auf der Hütte bleiben.

Papa Witt hat ihm einen Apfel geschenkt. Aus dem eigenen Garten. Hat prima geschmeckt und richtig nach Apfel gerochen. So wie früher.

In der Schule hat er mal Apfelmännchen gebastelt. Der Kopf war eine Walnuss, und der rote Hut war ganz spitz. Tom hat immer zuviel Klebstoff genommen, der hat dann an seinen Fingern gepappt und ist im Laufe des Tages ganz schwarz geworden.

Die Weigand konnte tolle Sterne aus schwarzem Karton ausschneiden. Dann durften Tom und die anderen buntes Transparentpapier reinkleben. Da hat er auch mit dem Klebstoff gekämpft, weil immer zuviel aus der Tube gekommen ist. Die Sterne haben am Fenster hell geleuchtet, das hatte ihm sehr gut gefallen.

Er hat fünf Sterne mit nach Hause nehmen dürfen und hat sie der Mutter geschenkt. Kurze Zeit später hat er sie dann im Mülleimer liegen sehen.

Otto ist wieder aus dem Haftkrankenhaus zurück. Der Transport hat drei Tage gedauert und Otto musste unterwegs in anderen Knästen Station machen. Das klingt nicht nur verrückt, das ist es auch.

Die Gefangenentransporter sind eine Sonderanfertigung. In einem busähnlichen Fahrzeug, mit Sehschlitzen nach außen, sind Einzel- oder Sammelzellen eingebaut. Vor dem Zellentrakt ist der Platz für das Begleitpersonal, von dort aus können die Käfige überwacht werden.

Die Fahrzeuge fahren von A nach D, weiter nach C oder B. Sammeln ein, laden aus – und so kann es passieren, dass ein Einzelner durch das halbe Bundesland gekarrt wird, bevor er seinen Bestimmungsort erreicht. Tom hat das auch schon mitgemacht, als er aus der U-Haft in Strafhaft gekommen ist. Nun ist Otto wieder da und soll sich schonen. Knast-Reha!

Pino hat dafür gesorgt, dass Otto demnächst auf der Kammer arbeiten kann. Ein leichterer Job als in der Wäscherei. Die Wäscherei reinigt die Wäsche für die umliegenden Krankenhäuser und für fünf Altersheime. Da kommt eine Menge Zeug zusammen.

Früher gab es auch eine Küche im Knast. Jetzt wird das Essen von einer Zentralküche geliefert. Die ist 150 km weit entfernt – stand in der Knastzeitung unter der Überschrift: „Logisch – oder?“

Tom weiß das, weil Pino und Kemal sich darüber ausgelassen haben. Eigentlich ist ihm das egal, aber ein wenig komisch findet er das doch, das mit dem Essen und dem Transport. Aber was soll's …

Er hört gerne zu, wenn Pino und Kemal sich unterhalten, auch wenn er selbst zum Thema nichts zu sagen weiß. Bevor ein Gedanke aus seinem Kopf den Weg zur Zunge gefunden hat, sind die zwei längst bei einem anderen Thema.

Manchmal versucht Tom, wieder zu diesem Gedanken zurückzufinden: Dann, wenn er auf der Pritsche liegt und den Blick über die kalkweiße Decke wandern lässt. Wenn das Licht seltsame Schatten wirft, sieht er Umrisse von Gesichtern oder Pflanzen. So ähnlich wie früher, wenn er den Wolken nachgeschaut hat.

Von irgendwoher ist ihm vor kurzem eine Liedzeile eingefallen: „*Der Wald steht schwarz und schweiget* …“. Tom hat nicht mehr gewusst, wie es weiter geht, aber er weiß noch genau, dass er als kleines Kind gedacht hatte, die Bäume würden sich in der Nacht zum Schlafen hinlegen und sich am Morgen wieder aufrichten.

Tom lacht vor sich hin, während er daran denkt.

Hatte er den Wald eigentlich jemals schweigen hören? Es rauscht und wispert in den Zweigen, wenn der Wind durch die Blätter fährt.

Schweigen hören – geht das überhaupt? Tom fällt sein Aufenthalt in der Arrestzelle ein. Da war es so still, dass er sein Herz gehört hat. Und ein seltsames Rauschen, das aus seinem Inneren gekommen ist.

Irgendwie war das unheimlich.

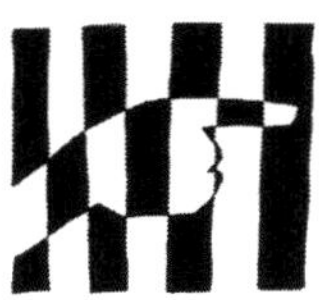

§ 17 S. 145 – § 21 S. 147

Natürlich haben Kemal und Pino längst bemerkt, dass Toms Braut nicht mehr zu Besuch kommt. Heute hat Kemal ihn darauf angesprochen, aber Tom hat nur mit den Schultern gezuckt. Reden ändert auch nichts, vorbei ist vorbei.

Kemal hat gemeint, dass eine Auszeit manchmal ganz gut wäre. Tom geht dieses Wort immer wieder im Kopf herum: Auszeit. Aus, vorbei, finit, game over!

Im Sport bedeutet das Pause oder Unterbrechung. Scheiße auch! Die ganze Knastzeit kommt ihm plötzlich wie eine Auszeit vor. Spiel unterbrochen, das Leben hat Pause. Stimmt und stimmt auch wieder nicht.

Gut, er muss sich hier um viele Dinge nicht sorgen. Keine Miete bezahlen, das Essen kommt pünktlich, die Stromrechnung kommt nicht, die Wäsche wird gewaschen. Alles paletti. Draußen hat er das nicht immer im Griff gehabt.

JVA – das Rundum-Sorglos-Paket. Er spürt, dass er dafür irgendwann die Quittung kriegt. Denn draußen lauert der Schulden- und Versäumnisteufel. Der wird sich an ihm festkrallen, wenn er meint, wieder in Freiheit zu sein. Manchmal geht ihm ordentlich die Muffe, wenn er daran denkt.

Aber erst einmal steht ein anderes Kapitel auf der Tagesordnung: Sein Schulabschluss. Sein Vollzugsplan ist schon lange erstellt. Die Sozialarbeiterin hat ihn besucht und ihm erzählt, dass jetzt endlich auch die Ausbildungsbeihilfe genehmigt worden ist. Die Oberlehrerin hat mit ihm einen Test gemacht, damit sie weiß, in welcher Gruppe sie Tom unterrichten kann. Für die Dauer der Schulzeit wird Tom von der Arbeit freigestellt sein.

Pino hat eine kleine Schultüte gebastelt, die er Tom grinsend überreicht. Statt „Danke" zu sagen, brummt er nur „Du Arsch" vor sich hin, was ihm Pino aber zum Glück nicht übel nimmt.

Tom ist ein wenig mulmig zumute. Wieder die Schulbank drücken. Mit dem Rechnen wird er zurechtkommen. Wenn bloß das Lesen nicht wäre! Aber ohne geht auch das Rechnen irgendwann nicht mehr. Wenn die Textaufgaben kommen – spätestens da hat er damals geschmissen. Ob es diesmal klappt?

Pino und Kemal machen ihm Mut. Wird schon! Und die anderen kochen auch nur mit Wasser.

Die abendliche Teestunde beim Umschluss mit Kemal und Pino möchte Tom nicht mehr missen. Gerne hört er ihren Gesprächen zu. Auch wenn er manches nicht versteht, zum Beispiel wenn sie über die Literaturgruppe sprechen oder über die Arbeit in der Zeitungsredaktion.

Ab und zu wirft er auch ein Wort ein. Er hat bei den beiden endlich mal das Gefühl, dazuzugehören.

Heute hat Kemal Besuch gehabt und ein Paket bekommen, weil seine Leute das Opferfest feiern. Wegen Abraham. Tom versteht Bahnhof. Wieso Abraham? Der gehört doch zu seiner Religion.

Kemal erklärt ihm, dass Abraham zu allen Religionen gehört. Das heißt: Zum Judentum, zum Christentum und zum Islam. Das ist Tom zu hoch. Und als Kemal behauptet, Jesus wäre ein Jude gewesen, kommt Tom gar nicht mehr mit. Warum heißt er denn Christus, wenn er Jude war? Kemal sagt, das würde er ihm bei Gelegenheit mal erklären.

Woher Kemal das bloß alles weiß? Schließlich ist der doch Türke! Okay, Kemal ist in Deutschland geboren und zur Schule gegangen, aber trotzdem!

Tom hat sich schon oft gewundert, wen man alles im Knast treffen kann. Als würde auf einem großen Platz mitten in der Stadt einer ein Lasso schwingen und alle einfangen, die sich dort aufhalten – so stellt er sich das manchmal vor.

Denn dann hätte man die Leute gefangen, die man auch im Knast so findet: Kaufleute, Ärzte, Journalisten, Arbeiter,

Manager, Hausmeister, Maurer, Fernfahrer, Banker und Kirchenleute. Einmal quer durch den Garten! Niemand ist ja von Beruf Mörder, Bankräuber, Steuerhinterzieher oder Betrüger. Das ist wie im Krankenhaus, da liegt ja auch nicht die Lunge, der Darmverschluss oder der Schädelbruch im Bett.

Tom fühlt sich, als würden seine Gedanken Purzelbäume schlagen und durcheinander geraten. Pino oder Kemal könnten das Gedankenknäuel sicher entwirren, aber dafür müsste Tom erst einmal einen längeren Text vorgeben. Vielleicht traut er sich beim nächsten Umschluss mal, damit anzufangen.

Zahnschmerzen. Und das am Freitag!

Wilder, pochender Schmerz. Der Sani hat widerwillig drei Tabletten abgedrückt. Scheißkerl! Wie soll er denn damit übers Wochenende kommen? Vor Montag geht nichts. Und auch dann wird noch nicht viel passieren. Da läuft die Maschine erst einmal ganz langsam an, er kennt das schon. § 58 S. 155

Der Zahnarzt kommt nicht ins Haus, der kann ja schlecht die ganzen Apparate anschleppen. Das heißt, dass Tom zum Zahnarzt ausgeführt werden muss. Also müssen ein Vollzugsbeamter plus ein Sozialarbeiter und ein Dienstwagen bereitgestellt werden. Diese logistische Herausforderung braucht ihre Zeit, ihre Anträge und Genehmigungen.

Derweil hat Tom Zahnschmerzen. Wilde, pochende Zahnschmerzen, die rechte Gesichtshälfte ist angeschwollen. Der Schmerz zieht bis ins Ohr, es ist zum Verrücktwerden. Die drei Aspirin sind längst verbraucht. Haben auch nicht viel geholfen, höchstens den Schmerz etwas gedämpft.

In verzweifelter Wut hat Tom gegen den Tisch getreten. Jetzt ist der Zeh verstaucht und der Kaffeebecher hat einen Sprung. Dem Sani wünscht er die Pest an den Hals, oder besser noch: Diese verdammten Zahnschmerzen.

Zum Glück hat Papa Witt Dienst. Leider darf der ihm keine Tablette geben. Das verstößt gegen die Dienstvorschrift. Papa Witt hat ihm Nelken mitgebracht, getrocknete, aus dem Gewürzschrank seiner Frau. Von Nelken steht nichts in der Dienstvorschrift. Tom soll eine Nelke auf den schmerzenden Zahn legen und draufbeißen. Erst hat er das für Blödsinn gehalten. Erstens weiß er nicht, welcher Zahn genau es ist, der ihn so quält, denn die ganze untere Seite tut weh. Zweitens glaubt er nicht, dass so ein kümmerliches, vertrocknetes Ding überhaupt helfen kann.

Papa Witt zuliebe probiert er es wenigstens mal – und es hilft tatsächlich! Natürlich ist der Schmerz nicht weg, aber er ist ein wenig erträglicher geworden. Nelken! Unglaublich!

Noch unglaublicher erscheint es Tom, als Pino ihm am Sonntag einen Alustreifen mit zehn Tabletten bringt. Speziell gegen Zahnweh, die Blauen sind für die Nacht. Er will gar nicht wissen, wie Pino das hingekriegt hat. Im Knast sind zwar alle gleich, aber manche sind besonders gleich, warum auch immer.

Vor einigen kuschen sogar die Schließer. Die haben Privilegien, davon kann der normale Knacki nur träumen. Wer weiß, wer da an welchen Schrauben dreht.

Mit den von Pino organisierten Tabletten rettet sich Tom bis zum Dienstag. Da klappt es dann auch endlich mit der Ausführung zum Zahnarzt.

Ein Grüner und ein Sozi begleiten ihn. Ausgerechnet Täumer, der Schleimer. Tut immer so scheinheilig und hat ständig so ein blödes Lächeln im Gesicht. Tom hat oft Lust, ihm das mit einem satten Kinnhaken auszuknipsen, dieses Dauergrinsen.

Er kann den Täumer nicht ab.

Zu allem Überfluss geht es auch noch mit dem Privatwagen vom Sozi zum Zahnarzt. Tom quetscht sich auf die Rückbank neben den Kindersitz – hat sich also auch noch vermehrt, der Täumer. Ob der Nachwuchs auch so ein Grinsegesicht hat?

Im Dorf wohnte mal einer, der hatte fünf Kinder, fällt ihm grad ein. Sahen alle aus, als wären sie Ableger von ihm. Der hätte nicht fremdgehen können, das wäre sofort aufgefallen. Wie bei der Kurzen vom Boris Becker, da brauchte man auch keinen Vaterschaftstest mehr zu machen. Sex in der Besenkammer! Die Promis sind auch keinen Deut besser!

Sieht man ja auch drinnen. Da gibt es nichts, was es nicht gibt! Genau wie da draußen. Aber drinnen erscheint alles extremer: Als würde eine riesengroße Lupe auf alle und alles gerichtet.

Der Zahnarzt fackelt nicht lange. Spritze rein, Zahn raus. Die Praxis wirkt wie ausgestorben. Typen wie Tom werden nach der regulären Sprechzeit empfangen.

Die Assistentin ist auch nicht mehr da. Schade. Tom hätte sonst wenigstens eine kleine Story erzählen können, wie sie mit ihren Titten seinen Oberarm …

Obwohl, kann er doch trotzdem erzählen, überlegt er. Weiß doch keiner, dass die schon Feierabend hatte.

Als er wieder auf seiner Hütte ist, hat er Schwierigkeiten, sich eine Zigarette zwischen die Lippen zu schieben. Alles noch betäubt und vollkommen gefühllos.

Heilfroh ist er, dass der Zahn raus ist und dass sie ihm keine Handfesseln angelegt haben bei der Ausführung. Peinlich ist das! Aber hinten war bestimmt die Kindersicherung drin. Vollkommen absurd, mit solchen Zahnschmerzen haut doch keiner ab. Abgesehen davon wüsste Tom nicht einmal, wohin. Er beschließt, heute lieber nicht über so ein Thema nachzudenken.

Das Gelächter kugelt über die Flure, springt die stählernen Treppen hinauf und herab, schwillt an, ebbt ab und erreicht auch den hintersten Winkel: Wagner hat sich beim Schießtraining ins Bein geschossen!

Ungeschicklichkeit – oder hat einer sanft nachgeholfen? Die Gerüchteküche kocht, immerhin ist diese linke Bazille jetzt erstmal weg vom Fenster.

Kemal feixt: Jetzt darf der Wagner sich mal schriftlich betätigen, darf seine Stellungnahme zu dem Vorfall verfassen. Schriftliche Stellungnahmen werden auch von den Bediensteten gefordert, die müssen jeden Vorgang aktenkundig machen. Deshalb fallen übrigens viele Dinge unter den Tisch. Weil das lästig und zeitaufwendig ist, so eine Stellungnahme. Und nicht jeder Schließer ist perfekt in Rechtschreibung und Grammatik, glaubt Tom zu wissen.

Durch die Wagnerstory ist kaum publik geworden, dass Fred mit gebrochenem Nasenbein im Sani-Raum hockt. Angeblich ist er über den Rand der Duschtasse gestolpert und mit dem Gesicht gegen die Armatur geknallt. Das ist jedenfalls die offizielle Version. In Wirklichkeit hat die Stolperei schon im Besuchsraum begonnen. Denn Andy hatte Besuch von einer seiner Annoncen-Bräute.

Angeblich soll Fred, der Besuch von seiner Schwester hatte, der Tusse heiße Blicke zugeworfen haben. Ein dickes Ding, so eine Behauptung, findet jedenfalls Tom. Fred schielt nämlich so gewaltig, dass man eigentlich überhaupt nicht weiß, wohin der guckt.

Der schöne Andy hatte entweder ein anderes Hühnchen mit Fred zu rupfen oder er wollte vor der Braut den dicken Max markieren. Jedenfalls hat er schon im Besuchsraum das Maul aufgerissen und versucht, Halligalli zu machen. Mit dem Ergebnis, dass der zuständige Beamte den Besuch vorzeitig beendete. Von beiden, die Weiber mussten Leine ziehen.

Leider hat die Buschtrommel nicht funktioniert. Oder beim Dienstwechsel ist etwas untergegangen. Oder die Sache mit Wagner ist schuld, vermutet Tom.

Wie sonst konnte es passieren, dass sich die zwei nach dem Vorfall im Besuchsraum in der Dusche begegneten? Da waren sie zwar nicht allein, aber wie immer hat am Schluss niemand etwas gesehen.

Das passiert häufig. Manch einer ist dann plötzlich seltsam blind oder sehbehindert. Da sieht man mit dem Zweiten nicht besser, wie in der Fernsehwerbung, da wird es einfach zugedrückt. Den Spruch, dass eine Hand die andere wäscht, hat Tom erst im Knast richtig kapiert. So erklärt es sich Tom auch, dass manche Dinge in den Händen von Knackis sind, die nie darin sein dürften. Dass Dinge verborgen bleiben, die bei der Zellenkontrolle ins Auge springen müssten, man wundert sich manchmal.

Tom gehört nicht zu der Kaste der Privilegierten. Er hat weder Geld noch irgendwelche Fähigkeiten. Er ist weder Gärtner, Anstreicher, Computerfachmann, Bankberater noch Finanzexperte oder Makler.

Da darf der eine privat mal am Wochenende einen Garten winterfest machen oder sogar ein Haus renovieren. Vielleicht sein Fachwissen zur Verfügung stellen.

Um vier Ecken hat Tom sogar gehört, dass selbst die Kripo sich schon mal einen Fachmann aus dem Bau holt, wenn sich ein Tresor nicht öffnen lässt. Dann dürfen dann knackige Freunde einspringen. Alles schon dagewesen. Das alles wird natürlich streng unter der Decke gehalten. Aber es gibt nichts, was es nicht gibt, da ist er sich sicher.

Nun ist es amtlich. Tom ist wieder Schüler. Diese Tatsache beschäftigt ihn so, dass er in den Nächten vor dem Start § 38 S. 154 schlaflose Stunden verbringt. Warum tut er sich das bloß an, fragt er sich immer wieder. Auch wenn er den Hauptschulabschluss schaffen sollte, wird das seine Chancen auf dem Arbeitsmarkt nicht verbessern, da macht er sich nichts vor. Eine Berufsausbildung hat er nicht und er wird auch keine bekommen. In seinem Alter nicht, vor allem nicht mit seiner Vergangenheit.

Die Sozialarbeiterin hatte gemeint, dass der Schulabschluss ‚vollzugstechnisch' für ihn günstiger sei und dass er so § 40 S. 154 lernen könnte, sein Leben zu strukturieren. Tom kann es einfach nicht ausstehen, wenn die so abgehoben daherquatscht.

Aber auch Kemal hat ihm gut zugeredet und gemeint, dass er in jedem Fall vom Unterricht profitiert. Leider konnte er das dann nicht näher erklären, denn sein Anwalt war aufgekreuzt, um mit seinem Klienten zu sprechen.

Kemal war die Muffe gegangen, nachdem er erfahren hatte, dass Placido nach Verbüßung der Halbstrafe nach Spanien abgeschoben würde. Placido war, genau wie Kemal, in Deutschland geboren und aufgewachsen. Seine Eltern waren nach Spanien zurückgegangen, als der Vater Rentner geworden war.

Da Placido und Kemal sich aus dem Weg gingen, konnte ihn Kemal nicht nach den Umständen der Abschiebung fragen. Da hatte er sicherheitshalber nach seinem Anwalt gerufen.

Der größte Horror für Kemal wäre es, in die Türkei abgeschoben zu werden. Das hatte er immer wieder gesagt. In ein Land, dass er nur vom Urlaub her kennt. In dem er als ‚Aleman' gilt, als Ausländer und Fremder im Land seiner Vorfahren. Natürlich hätte er schon vor Jahren die deutsche Staatsbürgerschaft annehmen können, aber aus Rücksicht auf seine Eltern und auch aus Stolz auf die reiche Kultur des Türkenlandes wollte er damals seine Wurzeln nicht verleugnen.

Einerseits versteht Tom das alles, andererseits kapiert er es doch nicht. Aber immerhin weiß er, wie es ist, sich als Außenseiter zu fühlen. Wie einer, der nicht dazugehört.

Tom hatte seine Niete schon bei seiner Geburt gezogen. Da war er schon auf der Schiene, die ins Land der Loser führt. Irgendwann wurde er ziemlich sauer deswegen. Wut und Rebellion hatte er gefühlt, daran kann er sich gut erinnern. Er hatte dagegen angekämpft, gegen das Unausweichliche, das er auf sich zukommen sah.

Jetzt hat er das Ergebnis. Jetzt gehört er dazu, zumindest äußerlich. Knastkollektion. Alle Jahre wieder. Immer die gleichen Klamotten, mausgrau und verwaschenes Blau. § 20 S. 147

Eine seltsame Stimmung hat ihn erfasst, er steht auf dem Flur vor der offenen Zellentür. Wo sind die Farben geblieben? Die Geräusche, die Gerüche? Der Duft der Blumen und der Klang von Kinderstimmen? Das Sonnenlicht über dem See? Der Schmerz brandet wie eine Welle durch seinen Körper. Er weiß nicht, was mit ihm los ist. Er möchte schreien, sich wie Uli neulich über das Geländer schwingen. Und für immer vergessen.

Papa Witt fasst ihn sanft beim Ellbogen und führt ihn zu seiner Pritsche. „Ist gut Jung", murmelt er wie ein Gebet, „ist gut Jung, ist gut …".

Nichts ist gut, doch Toms Herzschlag hat sich wieder beruhigt. Er denkt an Uli, der wirklich gesprungen ist. Uli wird nicht wiederkommen. Gestorben ist er nicht, hat Glück im Unglück gehabt – oder auch nicht, Tom weiß das selbst nicht so genau im Moment. Uli ist in der Psychiatrie gelandet. Armes Schwein, ob dem da zu helfen ist?

Von dem ganzen Psycho-Scheiß hält er nichts. Sieht man ja bei den Sittichen*. Die gehen immer brav zur Therapie und schleimen sich durch. Und draußen können sie Pfoten und Schwanz dann doch nicht beherrschen. Tom muss kotzen, wenn er an diese Schweine denkt. Die haben schon manchen verschieben müssen, weil die Typen drinnen regelmäßig die Fresse poliert kriegen, sobald rauskommt, warum die sitzen. Tom hat für die nur Verachtung übrig.

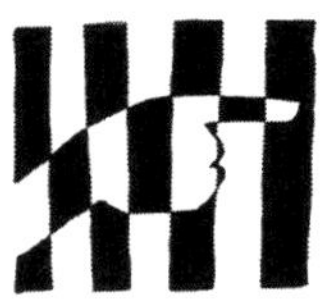

Seit Tom im Bau ist, hat sich sein Denken und Fühlen irgendwie verändert, erst hat er das garnicht gemerkt. Immer häufiger steigen Erinnerungsfetzen aus der Vergangenheit in sein Bewusstsein. Längst vergessene Gefühle schleichen sich in seine Empfindungen und lassen sich nur schwer wieder vertreiben.

Lässig wie immer dreht er sich eine Zigarette und inhaliert ein, zwei hastige Züge.

„Selbsterkenntnis ist das erste Loch im Wassertopf", hatte der Vater manchmal gesagt. Blöder Spruch, aber typisch für den Alten. Quatschen konnte der immer, das war aber auch alles.

Tom beugt sich über sein Matheheft. Er hat recht gehabt, Mathe macht ihm keine Probleme. Vor allem, weil er den

Taschenrechner benutzen darf. Den hat er, wie die anderen, in der ersten Unterrichtsstunde bekommen.

Auch wenn der Unterricht ganz anders ist, als er ihn nach seiner spärlichen Schulerfahrung in Erinnerung hat, ist eines doch geblieben: Sein Widerwille dem Lesen und Schreiben gegenüber. Tom findet das selbst abartig und kann es sich nicht erklären. Sobald die Buchstaben vor seinen Augen ihren gefühlt höhnischen Tanz beginnen, schaltet er automatisch ab. Das war früher schon so und das ist geblieben. Kann man nichts machen.

Er hat sich in der Vergangenheit ganz gut durchmogeln können. Da ist es nicht aufgefallen, dass er kaum lesen und schreiben kann. Aber hier im Bau, mit den scheiß Vormeldern, muss er sich helfen lassen. Das geht nicht nur an seine Mäuse, sondern auch an seine Ehre. Schon das ist ein Grund, warum er es verdammt noch mal können möchte. Aber: Keine Chance, muss er sich resigniert eingestehen.

Frau Brinkmann, die Lehrerin, hat alle Kursteilnehmer aufgefordert, an einer oder zwei der angebotenen Knastgruppen teilzunehmen. Tom hat überhaupt keinen Bock dazu. Ist nicht so sein Ding, was da angeboten wird. Entweder macht ihn das Thema nicht an oder er hat Angst sich zu blamieren. Zum Beispiel in der Literaturgruppe oder in der Zeitungsredaktion. Wenn Kemal und Pino davon erzählen, findet Tom das schon spannend. Aber was könnte er da schon in die Sonne richten! Da könnte man genau so gut einen Blinden ins Kino einladen.

Tom grinst vor sich hin, der Satz gefällt ihm. Könnte er gelegentlich mal der Brinkmann sagen. Die scheint ganz witzig zu sein, so wie die redet.

In unregelmäßigen Abständen kommt ein Typ von draußen und gibt eine Unterrichtsstunde. Den nennen alle Mamuli, aber richtig heißt der Hornberg. Ist ein komischer Heini. Künstler, vermuten die meisten. Aber Tom ist sich nicht sicher. Hornberg erinnert ihn an einen früheren Nachbarn. Der hat ihm immer Bonbons geschenkt, ihm lieb über die Haare gestrichen und eigenartiges Zeug gesagt.

Bekloppt war der nicht, nur ein wenig seltsam und lieb wie selten einer. Ob es den wohl noch gibt? Als die Eltern mit Tom und der Schwester weggezogen sind, weil der Vermieter sie rausgeklagt hatte, war der schon ziemlich alt. Aber das will nichts heißen. Früher, als Tom noch klein war, sind ihm alle Erwachsenen alt vorgekommen.

Hornberg erzählt der Gruppe von Malerei, Musik und Literatur. Daher sein Spitzname: Mamuli. Von Kunst hat Tom keine Ahnung, hat ihn nie interessiert. Aber Mamuli bringt sein Zeug auf eine Weise an, dass Tom seine Ohren mal nicht auf Durchzug stellt. „Man muss das alles auch nicht verstehen.", sagt Mamuli. „Nur sehen, hören und in sich reinfließen lassen."

Vorige Woche hatte er eine Musik-CD dabei. Tom war es, als würden die Töne von den Wänden aufgesogen, bevor sie zurückströmten, seinen Körper umfassten und ihn fast vibrieren ließen. Ein seltsames Gefühl, als würde er von der Musik davongetragen. Und inmitten der Töne empfand Tom eine Stille, die ihn ruhig werden ließ.

Ganz ähnlich ist es, wenn Mamuli sie Bilder betrachten lässt oder ihnen vorliest. Tom ist das nicht ganz geheuer, aber er merkt, dass er anfängt, auf Mamulis Erscheinen zu warten.

Warten, das ist etwas, was Tom hasst. Weil das Warten am Ende fast nie die eigenen Erwartungen erfüllt. Oder weil das beschissene Ende von Anfang an feststeht.

Seit Tagen wartet Tom auf einen Typ von der Schuldnerberatung. Der soll ihm helfen, Ordnung in sein Schuldenchaos zu bringen. Tom weiß, dass er eine Menge am Bein hat: Mietschulden, Handy- und Ratenverträge. Alles ist ihm irgendwann über den Kopf gewachsen und die Briefe und Mahnungen der Gläubiger verfolgen ihn selbst hinter die Mauern. Wie soll er jemals aus dieser verdammten Scheiße rauskommen?

§ 68 S. 156

Bei der Redaktionssitzung vor ein paar Tagen hat er sich tierisch aufgeregt. Nach langem Hin und Her ist er doch mal hingegangen, damit die Brinkmann endlich Ruhe gibt. Theo hatte aus einer Zeitung von draußen vorgelesen. Da hat einer für die missglückte Operation seiner Töle von der Versicherung des Tierarztes fast fünftausend Euro gekriegt. Damit der Köter Akupunktur und Physiotherapie bekommen kann und auf dem Laufband seine lädierte Pfote trainiert. Davon kann der normale Mensch manchmal nur träumen, der ist doch heilfroh, wenn ihm die Krankenkasse mal ein paar Massagen bezahlt. Tom versteht manchmal die Welt da draußen nicht mehr.

Theo will dazu einen gesalzenen Artikel schreiben, hoffentlich geht der durch die Zensur. Denn alles, was in dem Knastblatt steht, muss vom Anstaltsleiter genehmigt werden.

Tom hat Muffen vor dem. Warum, kann er nicht einmal sagen. Wenn der durch die Gänge schreitet, möchte Tom ihm nicht gerne begegnen. Kemal lacht darüber und meint lässig, dass der seine Unterhosen doch auch nur Bein für Bein anzieht.

Nach dem Abend in der Zeitungsgruppe überlegt Tom, ob er vielleicht doch bei denen mitmachen möchte. Wie selbstverständlich hatte man ihn eingespannt. Natürlich kann er keine Artikel schreiben, aber er hat viele Seiten kopiert und zusammengeheftet, Adressaufkleber auf Umschlägen angebracht und Zeitungen eingetütet. Die Knastzeitung wird auch draußen gelesen, hat Tom erfahren. Wer interessiert ist, kann sie abonnieren.

Die Zeitungsgruppe ist gut informiert, was geplante Veranstaltungen und Aktivitäten angeht. Manchmal kommt eine Gruppe von draußen, um gegen die Knackis Fußball zu spielen oder eine Band gibt ein Konzert. Es gibt Literaturabende und Theateraufführungen. All das findet im Kirchenraum statt, weil dort der meiste Platz ist. Tom hat da nie hingehen mögen, weil es ihm immer peinlich war, sich von denen da draußen besichtigen zu lassen wie ein Käfigtier im Zoo. Mag sein, dass das bescheuert ist, aber er hat sich bisher noch nicht überwinden können. Da sitzt er lieber auf der Hütte und beschäftigt sich mit seinem Steckspiel.

Noch immer erfindet er damit neue Formen und Gebilde, es macht ihm verblüffend viel Spaß. Während seine Hände selbstständige Wege finden, kommt es ihm vor, als würden seine Gedanken die Wände und Mauern um ihn herum überwinden. Ein schönes Gefühl. Sie tragen ihn an einen Ort, an dem er sich seltsam beschützt und angekommen fühlt, ohne dass er sich das erklären kann. Kurze Augenblicke, in denen scheinbar alles möglich ist.

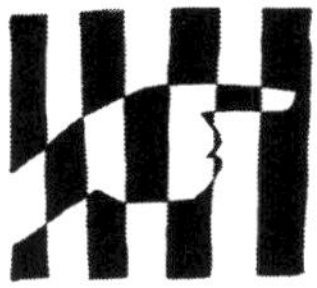

Tom könnte sich selbst in in den Arsch treten! Er hat die Sache total versiebt, versemmelt, in den Sand gesetzt. Er weiß im Moment selbst nicht, warum er sich so total bescheuert verhalten hat.

Wieder auf seiner Hütte versucht er, die Ereignisse auf die Reihe zu kriegen.

Gleich nach dem Unterricht war der diensthabende Beamte zu ihm gekommen. Besuch! Während er den verdatterten Tom zum Besuchsraum durchschloss, versuchte der herauszufinden, wer dort auf ihn warten könnte. Vielleicht die Schwester?

Im Besuchsraum war fast jeder Tisch besetzt. Von der Schwester war nichts zu sehen. Der Aufsichtsbeamte schickte Tom zu einem Tisch, an dem ein älterer, fast kahlköpfiger Mann saß, Paul-Georg Schulte stellt sich kurz vor. Der Päckchenspender und Steckspielgeber!

Toms Gefühle fahren Karussell, ihm bricht der Schweiß aus. Seine Beine werden weich wie zu lange gekochte Nudeln. So lässt er sich erst einmal auf dem Stuhl nieder, ohne einen klaren Gedanken fassen zu können. Seine Augen wandern über den vernarbten Holztisch, irren die Wände entlang zum Regal mit den verstaubten Pokalen, streifen flüchtig die anderen Besucher und bleiben zum Schluss an der Uniform des Aufsichtsbeamten hängen, als könnte er daran Halt finden. Nur um den nicht ansehen zu müssen, der ihm da gerade gegenüber sitzt.

Paul-Georg Schulte hat die ausgestreckte Hand unverrichteter Dinge wieder zurückgezogen, seine Hände mit den verschränkten Fingern liegen jetzt ruhig auf der Tischplatte. Er schweigt und wartet.

Toms Augen finden seltsamerweise bei diesen Händen Halt und sein verlegen umherirrender Blick ruht sich irgendwann sogar darauf aus. Nach einer gefühlten Ewigkeit sieht er ihn vorsichtig an. Paul-Georg lächelt ihm zu. In seinen Augen tanzen kleine Lichter.

Tom rutscht unruhig auf seinem Stuhl herum. Er möchte aufstehen und wegrennen, aber wohin und warum? Bis zur nächsten geschlossenen Tür sind es vielleicht zwanzig Schritte. Immer noch steht das Schweigen zwischen ihnen.

Paul-Georg hat seine Brieftasche aus der Jacke gezogen. Nestelt nach einem Foto. Nein, nicht das Enkelkind, wie Tom erwartet hat. Ein Hund. Ziemlich groß, weißes Fell mit schwarzen Flecken. Die Rasse kann man nicht erkennen. Irgendwas zwischen Schnauzer und Milchkuh, denkt Tom.

„Das ist Falco“, sagt der fremde Besucher. „Ich habe ihn vor einem halben Jahr aus dem Tierheim geholt. Er ist misshandelt und ausgesetzt worden. Jetzt lebt er bei uns und macht uns viel Freude.“

Tom weiß nicht, welcher Teufel ihn in diesem Augenblick geritten hat. Er blafft sein Gegenüber plötzlich an, die Worte stürzen aus seinem Mund und lassen sich nicht aufhalten. „Und jetzt fehlt Ihnen in Ihrer Sammlung noch ein Knacki?“, hat er Paul-Georg entgegengeschleudert. „Passt doch gut zu dem armen Vieh aus dem Tierheim!“ Tom hat noch viel mehr gesagt, an das er sich nicht mehr im Einzelnen erinnert. Wie ein Schwall Kotze sind die Worte aus ihm herausgebrochen. Bis er leer war und merkwürdig müde, wie nach einer Krankheit.

Paul-Georg hat alldem schweigend zugehört. Dann hat er „Bis zum nächsten Mal“ gesagt. Aber Tom spürt, dass es nach dem Auftritt kein nächstes Mal geben wird.

Am nächsten Tag ist Toms Laune nicht besser geworden.

Sogar Kemal hat noch eins drauf gesetzt und ihm gehörig die Meinung gegeigt. Dass es blöder wohl kaum noch geht, hat er ihm um die Ohren gehauen. Tom weiß, dass Kemal recht hat, aber das kann er ums Verrecken nicht zugeben.

Wie konnte er nur alles kaputt machen, bevor es überhaupt richtig angefangen hat?

Paul-Georg hätte genau der Außenkontakt werden können, den Tom so dringend gebraucht hätte! Vor allem dann, wenn mal die Hafterleichterungen anstehen. Ausgang und Urlaub, irgendwann. Das haut einfach nicht hin, wenn er keine Anlaufadresse hat. Die Freundin hat sich vom Acker gemacht und zwischen ihm und den Eltern ist seit Jahren Funkstille. Scheißspiel!

Tom weiß, dass er sich wie ein Idiot aufgeführt hat. Irgendetwas hat ihn getrieben, ein ganzer Haufen von heftigen Gefühlen, denen er nicht Einhalt gebieten konnte, er weiß bis jetzt nicht, warum.

Irritiert und noch immer total aufgewühlt ist er zum Unterricht gegangen. Hat sich auf seinem Stuhl gelümmelt, ganz auf cool gemacht, „Django hat Deutschunterricht". Das konnte nur in die Hose gehen an so einem Tag.

Ralf hätte seine blöde Bemerkung im Hals halten sollen. Der Spasti soll sich an die eigene Nase packen! Dumm wie ein Toastbrot ist der – aber über Tom lästern, der gerade versucht, einen Lesetext zu buchstabieren.

Tom hat ihm das Lesebuch über die Rübe gehauen und ist türeknallend aus dem Raum gelaufen. Ab – auf die Hütte. Leckt mich doch alle! Heute soll ihn bloß keiner mehr von der Seite anquatschen.

Stunden später liegt er immer noch wie gelähmt auf seiner Pritsche. Der Aschenbecher quillt über, das Abendbrot hat er nicht mal angerührt, die Lampe nicht angeknipst. Sowieso wird es in der Hütte nie richtig dunkel. Die Außenlampen, die das gesamte Gelände ausleuchten, lassen der Nacht keine Chance.

Seine Gedanken fallen auf einmal durch die Jahre. Zurück zu seiner Kindheit. Schutz und Wärme? Fehlanzeige. Dafür Kälte und Gleichgültigkeit, an was anderes kann er sich garnicht erinnern.

In seiner Not ist Tom eines Tages davongelaufen, weg von allen und allem. Ohne Ziel, aber gehofft hat er doch, dass Mutter oder Vater ihn finden würden. In der Dämmerung ist er dann doch wieder zurückgegangen, hat sich in einer Scheune unweit der Wohnung versteckt. Hungrig, müde und voller Angst vor den Geräuschen der Nacht. Irgendwann ist er eingeschlafen und widerwillig erwacht, weil seine Schwester seinen Arm rüttelte.

Schweigend sind sie nebeneinander nach Hause gegangen. Die Mutter hat kurz aufgeblickt und dann ihre Fernsehsendung weiter verfolgt. Der Vater laut schnarchend auf dem Sofa, wie immer. Keiner der Eltern hatte überhaupt bemerkt, dass Tom weggelaufen war., niemand hatte ihn vermisst, das war schlimmer als alles andere. Nur die Schwester hatte gewusst, was passiert war und wo sie ihn finden konnte.

Wenn Tom heute an diesen Tag denkt, dann weiß er, dass er damals nicht wirklich zurückgekommen ist. Sein Körper schon. Der stellte sich den anderen von nun an immer häufiger in den Weg, so wütend und traurig war er inzwischen geworden. Weil keiner ihn sah und er niemanden hatte. Noch heute war ihm, als hätte er sich in dieser schrecklichen Einsamkeit schon damals vollkommen verloren.

Ein öder Sonntagnachmittag, an dem die Stunden mal wieder nicht vergehen wollen. Tom liegt auf seiner Pritsche und sieht den Rauchringen nach, die träge zur Decke schweben. Er denkt nach. Über das Leben. Über den Tod und über den Sinn von alldem. Seine Fragen finden keine Antwort, sein Denken landet in Sackgassen, im Nichts, wo kein neuer Gedanke mehr auftaucht.

Dass sein Leben eigentlich mehr sein müsste als Atmen, Essen, Trinken und Verdauen, das ist Tom klar. Über den Tod hat er sich bisher wenig Gedanken gemacht.

Die Ballerei im Fernsehen, die Toten im Krimi haben ihn eigentlich immer kalt gelassen. Die Nachrichtentoten auch, tausende von Toten bei Erdbeben oder anderen Katastrophen. Geht sowieso über sein Vorstellungsvermögen, kann er nicht begreifen. Berührt ihn nicht, das spürt er gerade.

Aber der kleine Vogel damals, den die Katze erjagt hatte, der hatte ihm die Tränen in die Augen getrieben. Lange ist das schon her.

Jetzt plötzlich, an diesem öden Sonntag, ist er ganz nahe gerückt, der Tod. Hat nebenan in der Zelle zugeschlagen, lautlos und ohne Vorankündigung in der Nacht. Am Morgen hat Dieter leblos auf seiner Pritsche gelegen, hat er gerade über den Flurfunk erfahren. Vierzehn Tage vor seiner Entlassung!

Vom Sinn des Lebens hat Tom oft reden hören. Aber jetzt fragt er sich, ob es auch einen Sinn des Todes gibt. „Sinnloser Tod“, so heißt das doch immer bei den Gefallenen oder den

Opfern von Kriegen, Unfällen oder Verbrechen. Irgendwie findet er das auf einmal unlogisch.

Wenn es einen Sinn des Lebens gibt, dann muss es auch einen Sinn des Todes geben. Oder beides ist unsinnig. Wirre Gedanken, die umherschwirren und wieder keinen Halt finden.

Der Dieter. Der hat in der Zelle nebenan gelegen. Ein stiller alter Mann, der blieb meist für sich. Hat die Außenanlagen sauber gehalten. Unkraut gezupft, Blumen gepflanzt und gegossen und den spärlichen Rasen gemäht, wenn es nötig war. In seiner Zelle hatte er einen kleinen Vogelkäfig mit einem Kanarienvogel drin. Mit dem hat Dieter oft gesprochen und der Vogel hatte ihm zwitschernd geantwortet, das hat Tom oft gehört. Einer von den Schließern hat den Käfig heute mit nach Hause genommen.

Dieter war fast neunzehn Jahre im Knast gewesen. Jetzt hätte er entlassen werden sollen. Der zuständige Sozi hatte ihm einen Platz im Altersheim besorgt, wo sonst hätte Dieter auch hingehen können?

Familie – Fehlanzeige. Allein in einer Wohnung – undenkbar. Da wäre er niemals klargekommen, nach neunzehn Jahren in einem anderen Universum.

§ 66
S. 156

Nicht einmal im Supermarkt oder beim Busfahren hätte der gewusst, was zu tun ist, es gab ja sogar andere Geldscheine inzwischen. Der wäre so hilflos gewesen wie ein Baby, da war das Altersheim die einzige Lösung.

Dieter hatte zu alldem geschwiegen. Was hätte er auch sagen sollen?

Jetzt hat er allen die Antwort gegeben. Da ist sich Tom sicher.

Kann man sterben, wenn man keinen Lebenssinn mehr sieht, keinen Lebenswillen mehr hat? Sterben, ohne dass man sich aufhängt, sich die Pulsadern aufschneidet oder sonstwas macht? Tom stellt sich vor, der Sensemann wäre eine Tür weiter gegangen und hätte ihn selber geholt, das macht ihm plötzlich Angst. Hier zu sterben wäre ein Horror für ihn, das wird ihm auf einmal auch klar.

Obwohl es dann keine Probleme mehr gäbe. Die Zukunft ist sowieso im Eimer. Wenn er sich die Radieschen von unten ansieht, muss er sich keine Gedanken mehr machen. Dann hat er die ewige Ruhe, wie der Pfaffe immer sagt. Wäre doch schön, die ewige Ruhe! Aber andererseits: Wer garantiert, dass das auch so ist? Von der Hölle und der ewigen Verdammnis labern die schließlich auch. Tom hat einiges auf dem Kerbholz, da könnte der Teufel dem Höllenfeuer noch ein Brikett drauflegen, wenn er kommt. Ihm wird plötzlich ganz kalt.

Ob ihn wohl jemand vermissen würde, wenn er tot wäre? Seine Schwester vielleicht oder Kemal. Aber das würde schnell vorbei sein und niemand mehr würde an ihn denken. Scheiß Vorstellung! Aber das soll ihn dann auch nicht mehr jucken.

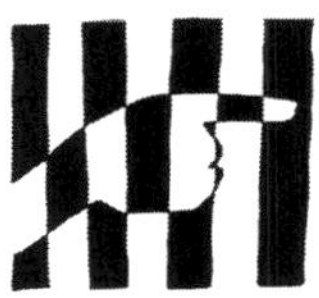

In der Zeitungsgruppe hat Kemal ein Gedicht vorgelesen. Es ist von einer Frau, die Rose Ausländer heißt und es soll in der nächsten Knastzeitung veröffentlicht werden.

Was vorüber ist
ist nicht vorüber
Es wächst weiter
in deinen Zellen
Ein Baum aus Tränen
oder
vergangenem Glück

Tom gefällt das Gedicht. Auch wenn er bei den Zellen zuerst an die Knasthütten gedacht hat. Er findet, dass das Gedicht stimmt, auch wenn das mit dem Baum aus Tränen ein bisschen komisch klingt.

Den Baum aus vergangenem Glück kann er sich nicht vorstellen. Vielleicht, weil seiner eher ein mickriges Pflänzchen ist. Da ist nicht allzu viel gewachsen, müsste mal gegossen werden, das Bäumchen. Aber wer kann einem sagen, wo Glücksgießkannen im Angebot sind? Das wäre wirklich mal ein ‚Super'-Markt!

Tom muss über sein Wortspiel grinsen. Hat bestimmt mit den Leuten aus der Gruppe zu tun, die quatschen über alles Mögliche. Auch wenn Tom sich nicht an den Gesprächen beteiligen kann, so hört er doch genau zu und manchmal ist es, als würde in seinem Hirn ein Schalter angeknipst. Kommt ihm vor, als würde etwas, das im Dunkeln gelegen hat, sichtbar.

Der Tod von Dieter ist natürlich Thema in der Gruppe. Pino schlägt vor, etwas darüber zu schreiben. Wie der Knast, das jahrelange Weggesperrtsein, einen Menschen lebensunfähig machen kann. Weil er den Kontakt zum Leben draußen total verliert. So wie die Muskeln verkümmern, wenn sie nicht trainiert werden. Vom Sinn der Strafe und vom Unsinn des Vollzugs, wenn er sich darauf beschränkt, Täter einfach nur wegzusperren. Wie soll jemand resozialisiert werden, wenn er doch schon vorher nie sozialisiert war?

Tom ist das alles ein bisschen zu hoch. Aber er hat langsam das Gefühl, dass das wichtige Fragen sind.

Kemal meint, dass es ein Glück für Dieter gewesen ist, sich dem Leben draußen nicht mehr stellen zu müssen. Pino wirft ein, dass vor ein paar Tagen auch Hildegard gestorben ist, die langjährige Verlobte von einem Knastkumpel. Regelmäßig ist sie über viele Jahre hinweg zu Besuch gekommen. Hat Briefe geschrieben, Pakete geschickt und gewartet. Gewartet, dass ihr Freund nach lebenslanger Haftstrafe endlich begnadigt wird.

Dank Hildegard war seine Sozialprognose gut. Er hatte irgendwo Halt, Fürsorge und eine Perspektive. Dass Hildegard fast dreißig Jahre älter war als er, war während der Knastzeit kein Problem. Er hatte in ihr sowas wie eine Mutter gesehen. Für Hildegard war das aber anders gewesen. Sie hatte sich das spätere Leben mit ihrem Geliebten in den schönsten Farben ausgemalt. Der Seelenklempner hatte wohl mehrfach versucht, ihr die Wirklichkeit vor Augen zu halten. Genutzt hatte es nichts.

Tom ist klar, dass das Ding total in die Hose gegangen wäre, wenn der Kumpel draußen gewesen und der das Problem am Bein gehabt hätte. Eine Katastrophe hätte es wahrscheinlich gegeben, vermutet Kemal, und alle stimmen ihm zu.

Tom ist auf einmal sehr nachdenklich geworden.

Zwei Menschen sind gestorben und für beide scheint es gut zu sein, dass es so gekommen ist. Oder ist es nur gut für die, die zurückbleiben? Vielleicht, weil ihnen dann eine Menge erspart bleibt.

Zugegeben, es kommt nicht oft vor, dass jemand unschuldig im Knast sitzt, aber es kann passieren. 2010 ist einer nach jahrelanger Haft freigelassen worden, nachdem der Bundesgerichtshof ihn nach einem langen Verfahren freigesprochen hat. Dreizehn Jahre hatte ein gewisser Harry W. dafür gekämpft. Ein Außenstehender wird kaum kapieren können, durch welche Hölle der gegangen ist. Tag für Tag.

Seine Haftentschädigung betrug am Schluss 41.000 Euro. Das sind 25 Euro pro Tag. Davon werden dann noch die Kosten für die Unterbringung abgezogen. Tom denkt angestrengt nach und versucht, diese Rechenaufgabe zu lösen. Sie ist nicht Bestandteil seiner Hausaufgaben. Das Rechenexempel interessiert ihn persönlich, nachdem in der Zeitungsgruppe der Artikel über Harry W. vorgelesen worden ist. Ob man so eine Sauerei überhaupt mit Geld gut machen kann, ist die andere Frage, über die Tom noch nachdenken muss.

Kemal hat herausgefunden, dass der Knastverpflegungssatz pro Monat 375,37 Euro beträgt. Das sind Pi mal Daumen ungefähr 12 Euro und ein paar Zerquetschte pro Tag. Die gehen dann schon mal von den 25 Euro ab. Tom muss seinen Taschenrechner nicht mal bemühen, um zu erkennen, dass man da von wirklicher Haftentschädigung nicht reden kann. Von allem anderen mal abgesehen.

Knapp 13 Euro pro Tag, das findet Tom krass. Bestimmt muss man das auch noch versteuern. Das kann einem glatt den Schalter umlegen, davon ist Tom überzeugt. Wut und sogar Hass auf eine Gesellschaft kommt da hoch, die das zulässt. Vor allem dann, wenn auf der gleichen Zeitungsseite steht, wie viel Boni die Banker mal wieder kassiert haben oder wie hoch die Abfindung für irgendeine Flasche ist, die von der Geschäftsführung in die Wüste geschickt worden ist. Aber wer nimmt einen wie ihn schon ernst? Ihn, der „Im Namen des Volkes“ aus der Gesellschaft entfernt worden ist. Weil er der Gesellschaft Schaden zugefügt hat, weil er … Tom weiß, dass er Scheiße gebaut hat. Aber die in den feinen Anzügen, mit den dezenten Krawatten und den Maßschuhen an den Füßen, weichen die nicht oft sehr weit und ungestraft vom rechten Wege ab? Haben die ihre manikürten Finger nicht auch in schmutzigen Geschäften? Gut, hin und wieder werden die auch geschnappt, wenn sie nicht rechtzeitig abhauen in ein Land, wo ihnen die deutsche Justiz nichts anhaben kann.

Oder wenn hochbezahlte Anwälte sichere Schlupflöcher ausmachen. Gedealt wird nicht nur an dunklen Straßenecken, soviel steht für ihn fest.

Während Tom gedanklich noch auf der Palme turnt, wartet in der Besucherzelle ein Gast auf ihn. Aber davon ahnt er noch nichts.

Erst als der Sozi in der Zellentür steht, kommt er wieder auf dem Boden seiner Wirklichkeit an. „Mitkommen, Betreuungsgespräch“, lautet die knappe Anweisung.

Tom latscht, noch ein wenig zerstreut, dem Vorauseilenden hinterher, der eine Zelle im Parterre ansteuert. Die sind Anwälten und Ehrenamtlichen vorbehalten, wenn sie ihren knackigen Freunden einen Besuch abstatten.

Die Zelle ist spärlich möbliert, ein großer, rechteckiger Tisch bildet den Mittelpunkt. An den langen Seiten befindet sich jeweils ein Stuhlpaar, das mit Distanzstäbchen verbunden ist. So lassen sich die Stühle nur wie eine Bank bewegen. Weder Menschen noch Stühle können sich bei diesem Arrangement zu nahe kommen. Das ist der Sinn der Sache.

Das vergitterte Zellenfenster hoch oben teilt das Sonnenlicht in ein hell-dunkles Streifenmuster, das sich wie ein trostloser Teppich auf dem zementgrauen Boden ausbreitet.

Mitten in dieser traurigen Idylle hockt Schulte. Tom und der Sozi lassen sich auf den gegenüberliegenden Stühlen nieder.

Bevor sich das Schweigen ausbreiten kann, beginnt Toms Begleiter seinen Monolog. Tom hört nicht hin. Er hat damit zu tun, sich zu sammeln und sich auf die überraschende Situation einzustellen. Schulte, den er längst abgeschrieben hatte nach seinem schrägen Auftritt neulich! Von dem Tom niemals geglaubt hat, dass er sich noch einmal sehen lassen würde. Nicht, nachdem er sich doch echt wie ein kompletter Idiot benommen hat!

Aber der, der ihm gegenüber sitzt, ist Schulte. Und der scheint auch nicht sauer zu sein, denn er schaut Tom ruhig und freundlich an. Auch dann noch, als der Sozi längst abgerauscht und er mit Tom allein ist.

„Bisschen trostlos hier", bemerkt Schulte und füllt erstmal die Stille zwischen ihnen. „Wie 'n Bahnhofsklo", erwidert Tom. Schulte schmunzelt, Tom grinst zurück. Und noch ehe Tom sich dagegen wehren kann, hat das Gespräch mit Schulte begonnen.

Zurück auf der Hütte hat Tom noch immer ein Gefühl von Unwirklichkeit. Aber das Päckchen Tabak auf seinem Tisch, von Schulte gespendet, ist real. Und Schultes Versprechen, in der nächsten Woche wiederzukommen, scheint nicht nur heiße Luft zu sein. Trotzdem traut Tom dem Braten nicht so ganz. Zu oft hat er erlebt, wie der große Berg an Erwartungen zusammengekracht ist. Da legt er sich sicherheitshalber erstmal einen ordentlichen Haufen Misstrauen zurecht, um für alles gewappnet zu sein.

Schulte will regelmäßig kommen, um Tom im Kampf gegen die Buchstaben zu unterstützen und er meint, dass das schnell gelingen wird. Tom denkt, dass Schulte sich da gewaltig irrt, denn nicht umsonst hat er da längst aufgegeben. „Abwarten", hat Schulte gesagt, und Tom hat „ ... in Ewigkeit, Amen." gedacht. Aber er hat es nicht ausgesprochen.

Pino und Kemal sind voller Optimismus, als Tom beim abendlichen Umschluss von Schultes Besuch und seinen Vorhaben berichtet. Wobei die Lese-Nachhilfe ihnen nicht mal so wichtig erscheint. Vielmehr, dass sich durch den Kontakt mit Schulte für Tom eine neue Perspektive eröffnet: Die Verbesserung der Sozialprognose, eine Urlaubsadresse, Ausgang und dergleichen. Auch wenn das alles noch Zukunftsmusik ist.

Aber all das kann Toms Gefühl nicht beruhigen, das in seinen Eingeweiden rumort und ihn nicht zur Ruhe oder gar Hoffnung kommen lässt. Er tigert in seiner Hütte herum, deren Wände ihn nach wenigen Schritten zurückzuweisen scheinen. Immer wieder hockt er auf dem Topf und beweist sich damit wieder mal selbst, wie sprichwörtlich beschissen sein Dasein ist. Er kennt das seit seiner Kindheit: Freude und Leid sind schon immer zuerst in seine Gedärme gekrochen. Alle Gefühle für 'n Arsch. Schultes Besuch hat in Tom Unbehagen ausgelöst. Er hatte nicht sagen können, was es war. Aber irgendetwas geht ihm gegen den Strich. Statt sich zu freuen, dass er nun einen Betreuer hat, spürt er so etwas wie Wut im Bauch. Dabei ist das Gespräch mit Schulte doch gut gelaufen!

Erst im Morgengrauen, nach langen, schlaflosen Stunden, dämmert es ihm, dass dieses Scheißgefühl Angst heißt. Angst, einem zu vertrauen und wieder enttäuscht zu werden. Angst, eine Beziehung aufzubauen und schon wieder verlassen zu werden. Und nicht zuletzt hat er sogar Angst, selber zu enttäuschen, nämlich dann, wenn Schulze merkt, dass er in Wirklichkeit eine Niete ist. Ein Versager, einer, für den es sich nicht lohnt. Und dass der dann ganz schnell wieder Leine zieht.

Tom beschließt an diesem Morgen, Schulte so bald wie möglich reinen Wein einzuschenken. Damit der weiß, was Sache ist und sich gleich wieder vom Acker machen kann. Natürlich wird Schulte wissen, dass Tom kein Chorknabe ist, aber sicher ist sicher. Besser, der haut gleich wieder ab, bevor sich Tom an seine Besuche gewöhnt hat. Der Klaus aus der Schreinerei hat mal so eine Story erzählt. Die er erlebt hat mit einem von draußen. Dass der ganz schnell gekniffen hat, nachdem er wusste, warum Klaus eingefahren ist. Vielleicht ist das ja auch nicht ganz so gelaufen, wie der Klaus das erzählt hat. Aber trotzdem …

Kemal meint, dass Tom sich nur verrückt macht mit seinen blöden Gedanken. Dass er sich doch lieber über einen Betreuer freuen soll. Vielleicht, hat Pino gemeint, könnte Tom dann mit Schulte an der Draußen-Drinnen-Gruppe teilnehmen, die sich alle zwei Monate samstags trifft.

Die DDG ist von einem Sozi gegründet worden und soll Gefangenen und ihren Angehörigen die Möglichkeit geben, außerhalb der normalen Besuchszeit ein paar Stunden miteinander zu verbringen. Acht Stunden, in denen miteinander gesprochen, gegessen und auch gelacht werden darf. Diese

Begegnungen stehen immer unter einem bestimmten Thema, das vorher gemeinsam festgelegt wird, hatte Pino erklärt.

Für Tom hört sich das alles ziemlich verworren an. Acht Stunden über ein Thema quasseln? Welches Thema? Wen von draußen interessieren schon Knacki-Probleme – und Tom interessiert es nicht die Bohne, woran die da draußen so knacken. Da kann eh nichts bei rumkommen.

Schulte ist wiedergekommen. Er hat in der Besucherzelle auf Tom gewartet. Sofort nach der Begrüßung hat Tom losgelegt, sein Sündenregister zu offenbaren, doch der Schulte hatte lächelnd abgewinkt. Damit habe sich ja bereits eine andere Instanz beschäftigt, hat Schulte gemeint, sein Job sei ein anderer. Dabei hat er einen Stoffbeutel aus seiner Jackentasche gezogen, dessen Inhalt er auf dem Tisch ausgebreitet hat: Pappbuchstaben, große und kleine, die Schulte wie zu einem Spiel mischte. Dann forderte er Tom auf, sie paarweise zusammenzufügen. Groß und klein nebeneinander. Kaum war dies gelungen, begann Schulte Wörter zu legen. Zunächst nur drei Buchstaben, wobei er grinsend erklärte, dass es schon ein Unterschied sei, ob man Oma oder Omo in die Waschmaschine stecke. Dass Last und Lust mehr als nur ein Buchstabe trenne, dass man die Sau durch den Bau jagen, die Tanne in die Tonne stecken und Gold zu Geld machen könne. Das mit dem Stroh zu Gold käme zwar nur im Märchen vor, aber da würde es ja auch heißen, dass das Mädchen spinne …

Tom war vollkommen versunken in Schultes Vorführung und hat nicht bemerkt, wie schnell die Zeit vergangen ist. Als der sich nach zwei Stunden verabschiedet, drückt er ihm noch das kleine Buchstabensäckchen in die Hand. Die Pappkameraden sollen ihm die Zeit vertreiben, bis er wiederkommt. Erst als Tom zurück in seiner Zelle ist, nimmt er seine Umgebung wieder wahr. Zwei Stunden lang hat er vollkommen vergessen, wo er sich befindet.

Der Knast ist eine seltsame Welt, kalt und unerbittlich. Einerseits extremer und risikoreicher als das Leben draußen, gleichzeitig aber auch einfacher, übersichtlicher und bequemer.

Der Service funktioniert, Sicherheit und Ordnung bestimmen die Regeln. Strom, Wäsche und Nahrung werden geliefert, die Wege begleitet, die Türen geöffnet und verschlossen. Heizung und Warmwasser funktionieren in der Regel. Es gibt Bildungsangebote, Sportmöglichkeiten, Besuchszeiten, Pfarrer, Sozis, Seelenklempner, Schließer, Betreuer und vielleicht eine Braut draußen, die heiße Briefe schreibt. Da fehlt doch eigentlich nichts, um ein glücklicher Knacki zu sein. Den gibt es tatsächlich und nicht einmal so selten. Typen, die im Gefängnis aufblühen, die den dicken Max markieren und endlich mal Beachtung finden. In der großen weiten Welt sind sie immer die kleinen Würstchen geblieben, obwohl es vielleicht zu mehr gereicht hätte. War aber zu anstrengend draußen und die Konkurrenz einfach zu groß.

Tom wird aber niemals der fröhlich-zufriedene Hüttenbewohner sein, so gut kennt er sich. Alles in ihm rebelliert dagegen, es macht ihn wütend und unzufrieden. Das Leben, nach dem er sich sehnt, könnte er nicht mal beschreiben. Trotzdem ist er sich sicher, dass es für ihn unerreichbar ist.

Tom merkt, dass das saublöde Gedanken sind. Irgendwie unlogisch. Aber mit dem Denken hat es bei ihm noch nie gut geklappt. Sonst hockte er nicht hier, in seiner Zelle, die hoch oben ein vergittertes Fenster hat, durch das er

§ 3
S. 143

manchmal, nachdem er auf seinen Hocker gestiegen ist, in der Nacht die Sterne ansieht. Manchmal streift ihn der Gedanke, ob es nicht einfach besser wäre, einen Strick um die Stahlstäbe zu knüpfen und den Hocker wegzutreten. Die Sterne sind so weit weg und die Nacht ist schwarz und abweisend.

Wirkliche Ruhe gibt es an diesem Ort nie. Alltagsgeräusche vermischen sich zu einem Klangteppich, der durch nichts gedämpft und gemildert wird. Der Knast besetzt alle Sinne, wobei das Gehör besonders strapaziert wird. Immer wieder schrillen die Alarmsirenen. Dann werden die Eingeschlossenen nochmal gesichert, danach läuft nichts und niemand mehr rum. Nur noch die Bullen vom Einsatzkommando. Rohre und Wände transportieren Klopfzeichen und Nachrichten. Die Gerüchteküche kocht und wenn der Rauch sich verzogen hat, sieht man wieder klar – oder auch nicht. Manchmal gibt es eine Schlagzeile im Heimatblatt, manchmal stehen Reporter und Übertragungswagen vor dem Tor. Mancher Geiselnehmer hofft an solchen Tagen, dass seine Forderungen erfüllt werden und gleichzeitig bangt der Anstaltsleiter um seinen Posten.

Nur die Gedanken sind frei. Und am Ende kann es sein, dass man von seinen eigenen Gedanken gefangen wird. Wie soll man ihnen entkommen?

Tom hat schnell gemerkt, dass man sich den Regeln anpassen muss, um in der Knastwelt zu überleben. Damit ist nicht die offizielle Hausordnung gemeint, sondern die ungeschriebenen Gesetze, die weder Gnade noch Erbarmen kennen. Der Knast hat tausend Augen und noch mehr böse Zungen. Selbst ein so kleines Licht wie Tom muss wissen, wem er am besten aus dem Weg geht. Zum Glück gibt es Kemal und Pino, die ihn im Auge haben und schützen. Papa Witt und ein paar junge Schließer sind eher wohlwollend und passen gut auf.

Pfarrer, Seelenklempner und Sozis spielen in einer anderen Liga. Lehrer, Kursleiter von drinnen und draußen, Betreuer. Tom hat oft das Gefühl, dass hundert Hände an ihm zerren, um ihn hierher und dorthin zu ziehen.

Seit er zum Unterricht geht, ist alles etwas übersichtlicher geworden. Der Tageslauf regelt sich durch Schulstunden, Hausaufgaben, Mahlzeiten und Freizeit. Freizeit sind Umschluss und die Mitarbeit in der Zeitungsgruppe. Und seit kurzem die Besuche von Schulte. Besuche, die für Tom schön, aber auch schwierig sind.

Schulte fragt ihn manchmal nach seinen Gedanken und Gefühlen, seinen Plänen und Vorstellungen von der Zukunft. Das tut gut, weil Tom spürt, dass Schulte es ernst meint und es wirklich wissen will. Aber es ist halt auch schwierig, weil Tom oft nicht weiß, wie oder was er sagen soll. Ein Leben lang hat er sich gewünscht, dass ihm jemand zuhört – und jetzt hat er auf einmal keine Worte.

Unter den Händen auf dem Tisch aber wachsen aus aneinandergereihten Buchstaben viele Wörter, die durch Schultes witzige Kommentare Sinn, Unsinn und Hintersinn bekommen. Es ist ein Spiel, bei dem niemand weiß, wohin es führt. Auch wenn Tom lachen muss, als Schulte einmal behauptet, dass Pläne kopflos daherkommen, wenn sie nicht Hand und Fuß haben, so spürt er doch den Ernst dahinter.

Tom hat sich nicht vorstellen können, dass er einmal über das Denken nachdenken würde. Aber seit einiger Zeit tut er das. Es scheint ihm, als hätten Kemal, Pino, Mamuli, Papa Witt und nicht zuletzt Schulte das Brett angebohrt, das er immer vor dem Kopf gehabt hatte. Jetzt kommt viel frische Luft rein, aber auch viele Fragen, Zweifel und neue Gedanken, mit denen er sich eigentlich nicht beschäftigen möchte, weil sie so unbequem sind. Doch sie sind hartnäckig und lassen sich nicht vertreiben.

Gerne würde Tom das Gedankenkarussell aufhalten, aber es dreht sich gnadenlos immer weiter. Er will nicht in diesen Gefühlsscheiß abdriften, der unweigerlich damit verbunden ist. Was hat Pino vor ein paar Tagen zum Besten gegeben: „Man kann einen Menschen aus dem Elend holen, aber nicht das Elend aus dem Menschen!“ Der Satz turnt in Toms Gehirn herum und hämmert ihm in die Birne, dass eh alles für ’n Arsch ist. Egal wie er sich bemüht und auch wenn Schulte das Gegenteil sagt. Aber der ist aus einer anderen Welt, in der Tom bestimmt nie einen Platz haben wird. Obwohl …

Doch wo sollen auf acht Quadratmeter Knastwirklichkeit Träume Raum finden?

Beim letzten Besuch hatte Schulte etwas gesagt, das Tom sich immer wieder ins Gedächtnis ruft. Es war ein eher zufällig hingeworfener Satz: „Davon verstehst *du* mehr“, hatte Schulte bemerkt. Er, Tom, sollte von einer Sache Schultes Meinung nach mehr verstehen als der selbst?

Tom wusste nicht einmal mehr genau, um was es da gegangen war. Jedenfalls war es nichts Kriminelles. Darüber wäre Tom nämlich alles andere als glücklich gewesen.

Im Knast ist es üblich, dass Knacki und Betreuer sich duzen. Für Schulte ist das kein Problem, aber Tom tut sich verdammt schwer damit. Das hat nicht nur mit Schultes Alter zu tun, sondern auch mit seinem Aussehen und seiner ganzen Art.

Der glatzköpfige Opa, der eine ordentliche Wampe vor sich herschiebt, ist genau der Spießertyp, den Tom immer zum Kotzen gefunden hat. Von Trägern gehaltene Cordhosen, kariertes Hemd und beige Rentnerlatschen, also das volle Programm! Dieser Typ sitzt ihm nun regelmäßig gegenüber und sieht echt peinlich aus. Aber wenn Schulte den Mund aufmacht, hat Tom das Gefühl, wach und lebendig zu werden. Er fühlt sich irgendwie wohl in Schultes Gegenwart. Trotzdem ist er gehemmt, was diese Duzerei angeht. Darum versucht er auch seit Wochen, die Anrede zu umgehen. Schulte scheint das nicht zu bemerken, jedenfalls hat er noch nichts dazu gesagt.

Dafür hat Ralf etwas gesagt, in der Unterrichtspause. Da hat er so über Schulte hergezogen, dass Tom kurz davor war, dem blöden Hirni die Fresse zu polieren. Komischerweise ist ihm aber plötzlich aufgegangen, wie dämlich es ist, diesen Hohlkopf überhaupt ernstzunehmen. Da hat er sich lieber weggedreht und das blöde Gelaber ignoriert. Und hat dabei über sich selbst nur noch gestaunt.

Mit dem Lesen klappt es schon ganz gut, die Lehrerin hat ihn heute vor der ganzen Gruppe gelobt. Das Spiel mit den Buchstaben, Wörtern und Sätzen beginnt ihm richtig Spaß zu machen. Wenn er auf der Hütte in seiner Buchstabensuppe rührt, um einige herauszufischen und zu Wörtern zu legen, dann meint er oft, Schultes Stimme zu hören, wie der seine witzigen Kommentare dazu gibt.

Pino und Kemal sind Toms Fortschritte auch nicht verborgen geblieben. Sie lesen ihm nicht mehr alles vor, was zur Diskussion steht, sondern lassen ihn kleine Meldungen selbst entziffern. Viele Wörter erkennt er schon, ohne die Buchstaben erst mühsam zusammenfügen zu müssen, so wie am Anfang.

Die Zeitungen draußen haben gerade über die Ausbildung von Vollzugsbeamten berichtet. Die sollen angeblich von einigen ihrer Lehrer ganz übel schikaniert worden sein. Wenn § 155 S. 164 nur die Hälfte von dem stimmt, was die Berichte sagen, muss man sich nicht wundern, dass einige dabei selber zu Schweinen geworden sind. Da sind sich alle in der Gruppe einig. Natürlich kann das keine Entschuldigung sein, aber es erklärt vieles. Dass es auch anders geht, dafür gibt es ebenfalls gute Beispiele.

Tom meint, dass es wohl daran liegt, wie jemand gehäkelt ist. Der eine wird ein mieses Schwein, der andere eben nicht, wenn er so etwas erlebt.

„Exakt", sagt Kemal, „genau so ist es!"

Es ist das erste Mal, dass Tom sich in der Gruppe zu einem Thema geäußert hat. Sonst hat er immer nur zugehört. Heute hat er sich getraut, seine Meinung zu sagen und keiner hat über ihn gelacht. Im Gegenteil, Kemal hat ihm sogar recht gegeben.

Heute war Schulte bedrückt und traurig. Am Vormittag war er bei der Beerdigung eines alten Freundes gewesen. „In meinem Alter“, hatte Schulte gesagt, „verlierst du mehr Freunde als dass du welche gewinnst.“

Tom tat das leid und er hätte ihm gerne etwas Tröstendes gesagt, aber ihm war nichts eingefallen, was sich nicht dämlich angehört hätte. Vor allem nicht, als Schulte ihm auch noch erzählte, wie sehr seine Frau und er noch immer unter dem Verlust ihres Sohnes litten, der vor drei Jahren gestorben war. Nein, es war keine Krankheit gewesen. Ein Motorradunfall hatte seinem Leben ein Ende gesetzt.

Tom war stumm geblieben. Hatte nur vor sich hin auf den Tisch gestarrt und sich sonstwohin gewünscht. Weg von Schulte. Weg von dem Leid und der Trauer.

Aber er hatte gespürt, dass Schulte nicht auf ein Wort von ihm wartete. Er wollte wohl nur mal drüber sprechen.

Nach langem Schweigen wagte Tom zu fragen, ob Schulte noch weitere Kinder habe. Eine Tochter, so erfuhr Tom, die für eine deutsche Organisation in Afrika in der Entwicklungshilfe arbeite. Und den Garten, ergänzte Schulte unvermittelt, als wäre der noch ein weiteres Familienmitglied.

„Ja, der Garten …“. Schulte hatte zu den Gitterstäben der Besucherzelle geblickt, die wie immer stramm Spalier standen, und gesagt:

„Wenn du eine Stunde glücklich sein willst,
dann betrinke dich.
Willst du drei Tage glücklich sein,
dann schlachte ein Schwein und iss es auf.
Willst du ein Jahr glücklich sein,
dann heirate.
Willst du aber ein ganzes Leben glücklich sein,
dann befasse dich mit einem Garten …“

Schulte hatte Tom erklärt, dass dies ein chinesisches Sprichwort sei und dass er diese Sprichwörter sehr liebe, weil sie viel Weisheit und Wahrheit enthielten. Er wollte Tom auch mal ein Buch mitbringen, wo viele solcher Sprüche drin stünden.

Tom kann sich vieles vorstellen. Aber dass er Bücher lesen wird, das nun doch nicht. Trotzdem will er Schulte nicht widersprechen. Nicht heute, wo Schulte nicht gut drauf ist. Soll der das Buch halt mitbringen, er muss es ja nicht unbedingt lesen.

Als Tom wieder auf der Hütte ist und sich auf seine Pritsche gehauen hat, muss er erstmal durchschnaufen.

Der Besuch von Schulte hat ihm ziemlich zugesetzt, er ist vollkommen erledigt. Es tut ihm leid, dass Schulte das ganze Paket mit dem Sohn am Bein hat. Andererseits ist er es überhaupt nicht gewohnt, dass jemand so ein Ding vor ihm auspackt. Weil er dann nicht einfach weggucken kann, wie er es sonst immer tut. Tom hat überhaupt nicht damit gerechnet, von Schulte so persönliche Dinge zu erfahren, daran hätte er nicht mal im Traum gedacht. Obwohl das ziemlich kindisch ist, wenn er jetzt darüber nachdenkt.

Soll er sich jetzt drüber freuen, dass Schulte ihm etwas anvertraut hat? Oder ist ihm das alles nur lästig und zuwider? Tom kommt zu keinem Ergebnis, jedenfalls nicht heute.

Bis jetzt hat sich Tom noch nicht durchringen können Schulte zu fragen, ob er mit ihm an der Draussen-Drinnen-Gruppe teilnehmen möchte. Zu seiner Erleichterung kommt Schulte von selber darauf zu sprechen. Tom zeigt ihm lieber nicht, wie froh er darüber ist. Er stimmt deshalb scheinbar desinteressiert und ein wenig zögerlich zu. Das Thema des nächsten und seines ersten Treffens heißt: *„Ein Täter – und viele Bestrafte?“*

Er kann sich weder vorstellen, wie so ein Treffen verlaufen wird noch was bei einem solchen Gespräch herauskommen soll. Sein Motiv ist es, mal für ein paar Stunden aus seiner Hütteneinsamkeit rauszukommen. Denn samstags ist kein Unterricht und die eine Hofstunde ist auch nicht gerade das Gelbe vom Ei. Außerdem kann er bei der Gelegenheit zeigen, dass auch er jetzt einen Betreuer hat, der sich kümmert und zu ihm steht. Das ist fast so, als wäre er in der Knasthierarchie ein Stückchen höher gerückt. Dafür allein lohnt sich der ganze Quatsch, auch wenn Tom nicht glaubt, dass der Tag ihm darüber hinaus etwas bringt.

Tom ist einer der Letzten, der durchgeschlossen wird. Die Truppe von draußen hat sich schon im Besuchsraum versammelt. Die knackigen Freunde aus den verschiedenen Abteilungen treffen nach und nach ein. Tom ist ein wenig befangen., aber als Schulte wie selbstverständlich auf ihn zukommt und ihn herzlich begrüßt, bessert sich seine Unsicherheit.

Ehefrauen, Schwestern, Verlobte, Brüder, Väter, Mütter und Betreuer sind in dieser Runde willkommen, einige scheinen sich schon aus vorausgegangenen Begegnungen zu kennen. Die Plätze in der Stuhlrunde werden plaudernd eingenommen, Tom und Schulte vorgestellt und willkommen geheißen.

‚Ein Täter – und viele Bestrafte?‘ Darüber wird in den nächsten Stunden gesprochen. Dass Tom an dem Tag so rein gar nichts zur Diskussion beiträgt, obwohl er mehrfach dazu ermuntert wird, liegt sicher nicht daran, dass in seinem Hirn gähnende

Leere herrscht. Im Gegenteil! Es überschwemmt ihn eine Gedankenflut, die sein Denken so durcheinanderwirbelt, dass er keinen einzelnen Gedanken mehr zu fassen bekommt.

Schulte scheint zu bemerken, dass es in Tom gärt und brodelt. Auch er schweigt und überlässt das Reden der restlichen Gruppe. Da kommt Erstaunliches zutage. Probleme werden angesprochen, deren Existenz Tom noch nie in den Sinn gekommen sind. Niemals hat er drüber nachgedacht, dass für eine Tat nicht nur der Täter allein zur Rechenschaft gezogen wird. Familie, Frau und Kinder, Eltern und Geschwister sind ebenso betroffen, stellt er plötzlich fest. Die waren nicht immer, aber doch oft völlig ahnungslos und nicht beteiligt. Doch die Quittung wird auch ihnen serviert.

Die Haft eines Ehemanns und Vaters stürzt Familien oft in finanzielle Not. Der Spießrutenlauf durch die Nachbarschaft, der abgewandte Blick der Verkäuferin im Supermarkt, das Mobbing in der Schule, wenn die Zeitungen einmal wieder einen sensationsgeilen Artikel oder eine deftige Schlagzeile gebracht haben. Da prallen oft heftige Gefühle aufeinander. Scham und Wut. Enttäuschung, Vorwürfe, Ratlosigkeit, Hoffnung und Resignation. Da fließen Tränen auf beiden Seiten. Und manchmal münden diese Klagen in kleine Gesten der Zärtlichkeit und des Verständnisses, er staunt nur noch, als er das hört.

Niemals hat er so eine Art der Auseinandersetzung erlebt. Da fliegen zwar erstmal die Fetzen, doch irgendwann ist es dann auch wieder gut. Das Schlachtfeld ist zwar groß, aber doch immerhin nicht ohne Grenzen, das wundert ihn.

Die beiden Sozis, ein Mann und eine Frau, lotsen die Gruppe ganz geschickt durch alle Untiefen. Tom spürt, dass hier was Wichtiges passiert, obwohl er nicht genau weiß, was es ist.

Ihm ist nicht nur das Licht aufgegangen, dass Strafe, Haft und Isolation nicht allein den Täter betreffen. Er beginnt auch zu ahnen, dass Reden mehr als ein Austausch von coolen

Sprüchen sein kann. Auch wenn er, verdammt nochmal, nicht glaubt, dass er selber das jemals hinkriegen kann.

Er ist total erschöpft, als er nach vielen Stunden wieder auf seiner Hütte ist. Schulte ist auch sehr schweigsam gewesen, der hat nicht mal gesagt, wann er wiederkommen wird. Trotzdem ist Tom sich auf einmal irgendwie sicher, dass er wieder aufkreuzen wird.

Als Tom heute zum Unterricht ausrückt, meint er am Ende des Flurs einen alten Bekannten zu entdecken, ganz sicher ist er sich aber nicht. Spätestens am Feierabend wird sich zeigen, ob er sich geirrt hat oder nicht.

Kaum im Unterrichtsraum angekommen, stellt er fest, dass die Buschtrommeln mal wieder prächtig funktioniert haben. Es hat einen Neuzugang gegeben: Lutz-Ferdinand Breuer, genannt ‚Lucky-Luke'. Tom kennt ihn schon seit Kindertagen. Ein Schnösel aus reichem Elternhaus, verwöhnt, stinkfaul, mit großer Klappe und kleinem Gehirn. Genau die Mischung, die entweder zu einer großen Karriere oder auf direktem Weg in den Knast führen kann.

Tom ist mit ihm in der Grundschule gewesen, das war, bevor der arrogante Stinkstiefel ins Internat gekommen ist und nur noch zum Wochenende nach Hause kam.

Im Sommer hing er mit seinen Kumpels am Baggersee ab, Blondinen im Arm und zu Füßen. Denen konnte er mit seiner Kohle imponieren, da war ständig Party angesagt. Die Wurst auf dem Grill hatte wahrscheinlich mehr Grips als Lucky, aber wen interessierte das damals schon, so lange Bier und härtere Sachen reichlich flossen.

Tom war nie bei diesen Orgien dabei gewesen. Er hatte alles aus der Ferne beobachtet, wenn er mit seinen Kumpels abhing. Sie hatten über die Lucky-Clique gelästert, heute kommt es ihm so vor, dass auch ein wenig Neid dabei war. Neid auf die Mäuse, die der Spasti zur Verfügung hatte. Neid auf die, die davon profitierten. Tom und seine Freunde gehörten jedenfalls nicht dazu, sie fanden damals weniger Beachtung als ein Hundehaufen am Wegesrand. Sie wurden von Lucky und seiner Gang komplett ignoriert.

Doch nun scheint alles anders zu sein, am Nachmittag kommt Lucky Tom strahlend entgegen. Lässt ihm die Hand auf die Schulter krachen und grüßt ihn mit einem lässigen „Hey Kumpel!“, als wären sie zeitlebens die besten Freunde gewesen. Tom ist überrascht und geschmeichelt, denkt, so hätte er sich das früher auch mal gewünscht. Schnell ist man sich einig, am Abend gemeinsam Umschluss zu machen.

Lucky weiß eine Menge aus der Heimat zu berichten, hat bis zu seiner Inhaftierung im Haus seiner Eltern gelebt. Der Vater ist tot, hat sich vor einem Jahr in der Hausbar erschossen. Lucky erzählt das, als würde er den Wetterbericht verkünden. Die Mutter hatte schon vorher nicht mehr alle Latten im Zaun und wechselte von einer Klinik in die andere. Depressionen oder so was, Lucky weiß es nicht genau, es scheint ihn auch nicht weiter zu interessieren.

An Toms Gesellschaft scheint er aber irgendwie interessiert zu sein. Großzügig lässt er ’ne Bombe rüberwachsen und verspricht jederzeit Nachschub. Tom ist einerseits verwirrt, aber auch geschmeichelt und erfreut, Neuigkeiten aus der Heimat zu erfahren. Er stellt sich im Geiste die neue Umgehungsstraße vor, den Kreisverkehr, wo früher die Ampeln waren. Den erweiterten Supermarkt und die neue Tankstelle am Ortsausgang. Noch immer schlängelt sich der kleine Fluss durch die Wiesen und am Baggersee ist das Schilf gewachsen. Am Wochenende ist dort bis heute Party angesagt. Aber ohne Tom und ohne Lucky. Die sitzen im Knast auf der Hütte und hängen ihren Erinnerungen nach.

Am nächsten Tag bringen sich Kemal und Pino lautstark in Erinnerung. Tom hat das Treffen der Zeitungsgruppe versäumt, weil er so lange mit Lucky gequasselt hat. Kemal und Pino finden das voll daneben, zumal Tom nicht Bescheid gegeben hat. Jetzt sagen sie ihm Bescheid, klar und unmissverständlich. Tom wird bockig, er sieht nicht ein, sich so runterputzen zu lassen.

Der Gipfel aber ist, dass Pino und Kemal versuchen, ihm Lucky madig zu machen. Da fallen sogar heftige Worte wie „taube Nuss“, „schräge Socke“ und „hinterfotziges Schwein“. Selbst er kriegt sein Fett weg, weil er keinen Arsch in der Hose hat und sich von diesem Typen belabern und einwickeln lässt. Jetzt reicht es ihm aber. Er hat die Faxen dicke! So nicht!

Wütend rennt er über den Gang zu seiner Zelle und lässt sich vorzeitig einschließen. Sollen ihn doch mal alle kreuzweise! Arschlöcher, alle miteinander!

Als Schulte am nächsten Tag in der Besucherzelle auf ihn wartet, hat sich Toms Zorn noch nicht abgekühlt. Der bekommt auch prompt noch mehr neue Nahrung, als Schulte ihm eröffnet, dass er, wenn auch vergeblich, bei Toms Eltern vorbei geschaut hatte. Er hatte in der Nähe des Dorfes einen Termin und bei der Gelegenheit …

Tom geht plötzlich hoch wie eine Rakete. Einen Scheißdreck ginge Schulte Toms Familie an! Was ihm einfiele, sich hinter seinem Rücken da einzuschleichen! Eine Frechheit sei das! Wenn Schulte ihm so käme, könne er sich gleich verpissen! Da verzichte er lieber auf weitere Besuche.

Schulte versucht sich zu verteidigen, will ihm alles in Ruhe erklären, doch Tom ist in Fahrt und lässt ihn nicht mal zu Wort kommen. Er steht auf und erklärt den Besuch für beendet. Zum ersten Mal trennen sich beide ohne Abschied.

Als Tom auf der Hütte ist, würde er am liebsten das Mobiliar zerlegen. Selbst Papa Witts beruhigende Worte können seine Wut nicht dämpfen. Aus und vorbei! Und weil der Teufel immer auf den größten Haufen scheißt, hat er auch noch Zoff mit Kemal und Pino.

Auf Lucky hat er auch keinen Bock. Mit dem hat schließlich der ganze Mist angefangen. Tom schiebt Frust und qualmt wie betäubt eine nach der anderen. Kemal und Pino kann man in der Pfeife rauchen und den Schulte sowieso. So eine linke Bazille! Wie konnte Tom ihm nur dermaßen auf den Leim gehen? Erst tut der so verständnisvoll und freundlich, um ihn dann hinterfotzig zu linken! Als hätte Tom überhaupt nichts zu sagen. Sind schließlich seine Eltern und die gehen Schulte einen feuchten Dreck an!

Pino und Kemal sind auch nicht besser. Haben ihn runtergeputzt wie einen kleinen Bubi, bloß, weil er mal einen Abend mit Lucky verbracht hat! Der sitzt übrigens seit zwei Stunden im Arrest, ein Schließer hat Drogen auf seiner Hütte gefunden. Lucky hat einen Riesenaufstand gemacht. Terror pur auf dem Flur!

Aber nun ist Ruhe. Nur in Tom tobt es weiter.

Wie konnte er nur glauben, dass endlich mal alles besser werden würde. Kemal und Pino haben ihn nie wirklich ernst genommen. Ihn niemals anerkannt. Für die ist er ja doch nur der kleine Wicht, den man zutexten und rumkommandieren kann. Aber wehe, der ist mal einmal nicht der brave Trottel und macht was, was denen nicht in den Kram passt. Dann ist Hängen im Schacht. Dann ist es mit dem freundlichen Getue auch ganz flott vorbei.

Der Schulte kommt auch immer wie so ein Gutmensch daher, der putzt bestimmt jeden Abend seinen Heiligenschein. Scheinheilig ist der! Sieht man ja, was der für ein Spiel spielt. Dieser barmherzige Samariter, der den Besserwisser-Knüppel unterm Karohemd verbirgt und ihm aus dem Hinterhalt voll eins überbrezelt.

Die können ihm alle gestohlen bleiben, auch wenn Hafterleichterungen, Ausgang und Urlaub damit in weite Ferne rücken. Tom ist seltsam entschlossen, aber wirklich besser fühlt er sich dabei nicht.

§ 23
S. 148

In der Nacht hat es ein Gewitter gegeben. Auch wenn Tom weiß, dass er hier hinter den dicken Mauern nichts zu befürchten hat, ist ihm das Naturschauspiel nicht wirklich geheuer. Als kleiner Junge hatte er sich dann immer zu seiner Oma geflüchtet. Die hat ihn auf den Schoß genommen und leise Gebete gemurmelt. Heute wünscht er sich manchmal, sich wenigstens an den Text dieser Gebete erinnern zu können, auch wenn er absolut nicht glaubt, dass Beten was bringt. Trotzdem war Omas Gebrabbel beruhigend, er kann sich noch gut an das warme Gefühl damals erinnern.

Der Pfarrer hat letztens gesagt, dass man mit Gott auch ohne vorgefertigte Gebete sprechen kann. Vor allem kann man das überall, nicht nur in der Kirche.

Auch auf dem Klo, wenn es sein muss. Denn Gott könnte einen immer und überall hören. Das hat Tom schockiert. Dass Gott ihn auch auf dem Klo hören kann, findet er peinlich. Oder gibt es da einen Filter, damit nur die Gebete bei Gott ankommen?

Tom hätte den Pfarrer damals gerne mal gefragt, ob der da nicht Blödsinn erzählt. Sowieso hat er zunehmend den Eindruck, dass auch studierte Leute oft Mist absondern. Aber solche Gedanken lässt er lieber nicht laut werden, gibt ja nur noch mehr Ärger.

Je länger Tom eingeknastet ist, desto stärker wächst in ihm das Gefühl, dass es viele Toms zu geben scheint, die sich alle in seinem Kopf und in seinem Körper breitgemacht haben.

Vor ein paar Tagen hat der Mamuli eine russische Puppe mit in den Unterricht gebracht. Die sah erst ganz normal aus, aber in ihr steckte noch eine drin, und dann noch eine und noch eine und noch eine. Die letzte war ganz winzig, sah aber eigentlich genauso aus wie die erste.

Er überlegt, dass er selber vielleicht auch so ist. Dass in ihm viele Toms stecken, kleine und große. Dass mal der kleine Tom sichtbar ist oder sich halt versteckt, dass mal der große oder eben der mittlere zum Vorschein kommt. Aber dass alle eben „Tom“ sind. Mit allen Gedanken, Erfahrungen, Gefühlen, Hoffnungen, Träumen und Enttäuschungen. Der große Tom kommt vielleicht besser klar als der kleine. Dann könnte der große Tom ja eigentlich …, Tom gibt es auf. Wenn sich seine Gedanken so verheddern, kommt gar nichts mehr dabei raus, das weiß er inzwischen.

Eben ist der Sozi vom Dienst vorbeigekommen, um Tom zu sagen, dass der Anstaltsleiter um 19 Uhr mit der Zeitungsgruppe sprechen will. Tom hat absolut keinen Bock, da hinzugehen, wenn alle sauer auf ihn sind. Aber wenn der oberste Boss ruft, dann muss er wohl, ob es ihm passt oder nicht. Es ist schon blöd, weil Pino und Kemal auch da hocken werden.

So ganz aus dem Weg gehen kann man sich in der Anstalt kaum, wenn man in der gleichen Gruppe ist. Tom muss ja nicht mit ihnen reden und kann an ihnen vorbeigucken, überlegt er sich schnell. Die werden schon merken, dass sie mit ihm nicht machen können, was sie wollen.

Tom sieht auf den ersten Blick, dass sein Vorhaben, Kemal und Pino zu ignorieren, schwierig sein wird. Die Zeitungsgruppe ist schon vollständig versammelt, am Konferenztisch ist, außer auf dem Platz am Kopfende, nur noch ein Stuhl frei. Tom bleibt nichts anderes übrig als sich neben Kemal zu setzen. Der begrüßt ihn mit einem kurzen Schlag auf dem Oberschenkel und grinst Tom an, als sei nie etwas gewesen. Tom angelt nach seinem Taschentuch und schneuzt sich lang und umständlich, um seinerseits dem Gruß zu entgehen.

Inzwischen hat auch der Anstaltsleiter den Raum betreten und beginnt nach einer knappen Begrüßung seine Rede. Es geht um den zu erwartenden Artikel in der Knastzeitung § 156 S. 164 wegen der bekannt gewordenen Missstände bei der Ausbildung von den Vollzugsbeamten und die kritische Betrachtung der möglichen Folgen. Die Redaktion solle sich gut überlegen, was sie dazu schriebe. Kein Artikel verließe die Anstalt ohne seine Genehmigung. Kein Wort, kein kritischer Satz, und schiene er noch so berechtigt, bliebe unzensiert. Er ließe sich nicht von Gesetzesbrechern ins Nest scheißen. Jeder der Schließer stünde auf der Seite des Gesetzes und jeder Knastbruder sollte sich darüber klar sein, wer am längeren Hebel sitze.

Natürlich hatte der hohe Herr das nicht auf diese Weise gesagt. Er hat vorsichtige Worte gewählt, kleine Andeutungen gemacht und um Verständnis gebeten. Zwischen den Zeilen aber blitzten die Warnlampen und ließen natürlich keinen Zweifel an dem, was gemeint ist. Sollte eigentlich wütend machen, aber Tom hört den Worten nur zu, ohne ihren Inhalt zu erfassen. Er ist damit beschäftigt, Kemals unerwartete Reaktion zu verdauen. Pino hat ihm ebenfalls aufmunternd zugenickt und Toms Vorsatz, beide komplett zu ignorieren, zerplatzt auf einmal wie eine Seifenblase. Jetzt paddelt er im Meer der Unsicherheit und gewinnt erstmal kein Land. Wo steht er eigentlich gerade? Im feindlichen Gebiet? Oder ist da noch Freundesland, trotz allem, was sie ihm an den Kopf geworfen haben und was ihn so stinksauer gemacht hat?

Die Worte des Anstaltsleiters rauschen an ihm vorbei. Dabei hat er früher noch gedacht, dass es ein verdammt heißes Ding sein muss, wenn der hohe Herr persönlich vom Olymp steigt. Jetzt ist er nicht mal in der Lage, richtig hinzuhören, weil er nicht weiß, wie er auf das Verhalten seiner zwei Knastkumpel reagieren soll. Bevor er zu einem Entschluss gekommen ist, wird die Zusammenkunft beendet und ehe Tom sich versieht, hockt er schon zwischen den beiden. Alles scheint wie immer zu sein. Der Kaffee dampft, die Selbstgedrehten qualmen, Pino und Kemal geben ihren Senf zum Thema des Abends. Diesmal sind sie erstaunlich schnell damit fertig und vertagen alles weitere auf die nächste Redaktionssitzung. Ein anderes Thema kommt auf den Tisch. Eines, über das Tom absolut nicht reden möchte. Aber Kemal und Pino lassen sich nicht davon abhalten, ihren Text loszuwerden. Sie werfen sich gegenseitig die Stichworte zu und Tom kann bocken und sich winden soviel er will, sie lassen sich nicht beirren, Tom die Ohren vollzudröhnen. Warnungen, die fast schon Verboten gleichkommen: Er solle sich ab jetzt und für immer von Lucky fernhalten. Der habe mehr Dreck am Stecken als Tom sich ausmalen könne. Der werde ihn, ehe er sich versehen habe, vom Zuhörer zum Mitwisser machen. Was das bedeute, sollte doch eigentlich selbst in Toms geschrumpftes Hirn dringen.

Pino quatscht mehr und schneller, als Tom kapieren kann und will. Er weiß, dass Pinos Informationen aus Quellen stammen, von denen er keine Ahnung hat und niemals haben wird. Er hat aber in der Vergangenheit erfahren, dass sich Pinos Voraussagen in der Regel als richtig und sogar als wahr erweisen, selten genug hier im Knast. Wenn Tom fair sein will, muss er erkennen, dass weder Pino noch Kemal ihn bisher reingelegt haben. So erklärt sich Tom am Ende bereit, über das Gesagte nachzudenken, auch wenn er ums Verrecken nicht klein beigeben will. Wenn schon mit Schulte nicht alles in Butter ist, wird er sich nicht noch hier drinnen den Rest verderben.

Tom wüsste wirklich gerne, woher Pino seine Infos hat. Da ist zum Beispiel die Sache mit den Automaten im Besucherraum. Sie werden von einer Firma von draußen regelmäßig aufgefüllt und spülen viel Kohle in dunkle Taschen. Nicht nur, weil im Knast laufend Tabak, Schokolade, Gebäck und Getränke umgesetzt werden, sondern weil die Dinger mit schöner Regelmäßigkeit nicht funktionieren, jedenfalls von der Verbraucherseite aus gesehen. Sie fressen Münzen, geben aber oft die Ware nicht her, ärgerlich ist das immer. Umgekehrt funktioniert das merkwürdigerweise nie. Besucher, die die Metallkameraden erfolglos füttern, können natürlich reklamieren. Bei der Betreiberfirma schriftlich, mit Uhrzeit, Zeugen und Verlaufsprotokoll. Selbst die Ehrenamtlichen haben noch keinen müden Cent erstattet bekommen. Dabei können die sich bestimmt besser artikulieren als Ali aus Castrop-Rauxel oder Hannelore aus Bremerhaven.

Pino grinst, wenn er solche Geschichten erzählt. Aber er macht auch klar, dass er das nicht lustig findet. Auch, oder eben weil es System hat. Aber wen interessiert das schon? Das Geld ist weg. Weg ist es natürlich nicht, sondern da, wo es eigentlich nicht hin sollte. Oder genau da. Kommt ja drauf an, auf welcher Seite man sich gerade befindet.

Toms Überlegungen werden jäh unterbrochen. Der diensthabende Sani überbringt ihm die Botschaft, er solle in einer halben Stunde beim Seelenklempner erscheinen. Warum kommt der Sani damit rüber? Tom fragt sich, ob er als Krankheitsfall gilt. Oder war der Sani nur gerade auf dem Weg, der an Toms Zelle vorbei führt? Tom ist verwirrt. Eine Audienz beim Psycho kann er gebrauchen wie Bauchschmerzen, die haben sich natürlich auch prompt eingestellt, als er diese Nachricht gehört hat. Was soll er bei dem Typen und wieso so plötzlich? Tom kann sich keinen Reim darauf machen. Drücken geht aber nicht, er muss da hin, ob es ihm passt oder nicht.

Als Tom das Zimmer des Psychologen betritt, wird er erst recht misstrauisch. Neben dem Schreibtisch befindet sich eine kleine Sitzgruppe, die um einen runden Tisch platziert ist. Auf dem Tisch stehen Tassen, ein kleiner Gebäckteller, eine Thermoskanne, Milch und Zucker. Tom wird gebeten, Platz zu nehmen, Sekunden später dampft Kaffee in seiner Tasse. Plätzchenteller und Aschenbecher werden ihm auffordernd zugeschoben.

Toms Warnlampen blinken. Hier stimmt eindeutig was nicht. Hier ist mit Sicherheit die große Mausefalle aufgebaut, in die er sich verstricken soll. Er hockt nervös auf der Sesselkante, bereit zum Sprung. Wenn der Psycho jetzt noch eine Kerze anzündet und Musik auflegt, flippt Tom aus. Da macht er aus der Bude Kleinholz und die Märchenstunde ist gelaufen.

Nein, es gibt keine Musik und keine Kerzen. Das Telefon klingelt und der unheimliche Gastgeber ist minutenlang beschäftigt.

Tom spürt, wie die Spannung langsam aus seinen Schultern weicht. Er versucht ruhig und gleichmäßig zu atmen. Was kann ihm hier und jetzt schon passieren? Im Grunde nichts. Aber er muss wachsam sein. Diese Typen verdrehen einem schließlich das Wort im Mund, wenn es sein muss. Oder die meinen Dinge zu sehen, die tief verborgen sind und nicht ans Tageslicht gezerrt werden wollen. Tom ist das unheimlich und jemand, der dieses Handwerk ausübt, ist ihm zutiefst zuwider. Dem geht er aus dem Weg, Schnüffler sind das.

Heute und jetzt ist das nicht möglich. Tom versucht es trotzdem, er gibt nur kurze und knappe Antworten, ohne etwas von seinen wahren Gefühlen, Stimmungen, Gedanken und Zweifeln preiszugeben. Wie es ihm geht, wollen die wissen. Als ginge die das was an. Als die Rede auf Schulte kommt, gerät Tom ins Schwimmen. Weiß der Fragesteller von Toms Streit mit Schulte und vom Besuchsabbruch oder ahnt er nichts? Jedenfalls tut sein Gegenüber so, als wäre alles im Lot und nichts geschehen. Tom schwant, dass die Fragestunde heute mit dem Beginn von Hafterleichterungen wie mit Ausgang oder Ähnlichem zusammenhängen könnte. Er weiß genau, dass der Psychologe ein Wörtchen mitzureden hat und ihm vermutlich darum auf den Zahn fühlt. Aber warum schleicht er sich dann so seltsam von hinten an? Könnte doch klar sagen, worum es ihm geht. Nach allem, was Tom bislang so gehört hat, tricksen die immer so rum. Undurchschaubar, unangreifbar. Die Herren über Wohl und Wehe.

Nach einer gefühlten Ewigkeit ist Tom entlassen. Schweißnass und erschöpft haut er sich auf seine Pritsche und dreht sich zur Wand. Auf dem Tisch liegt eine Karte von Schulte. Tom entdeckt sie erst später. Er hat sie übersehen, als er vom Psychologengespräch zurückgekommen ist.

Die Karte zeigt einen endlos langen Meeresstrand mit Fußspuren, die der Sand schon fast verweht hat. Auf der Rückseite stehen drei kurze Sätze: „Verzeih bitte. Es war nicht richtig von mir. Sehen wir uns Dienstag? PG.“

Tom schießen die Tränen in die Augen. Zum Glück ist er allein und von jetzt auf gleich ist er total neben der Spur. Er kann weder fassen noch einordnen, woher der Sturzbach von Gefühlen kommt und wohin er ihn mit sich reißt. Hilflos wirbelt er wie in einem Strudel umher, sieht kein Land, kein

Ufer oder nur einen Halt. Er kann einfach nicht glauben, was er da zu lesen meint. Überprüft Buchstabe für Buchstabe, doch nichts ändert sich. Es bleibt dabei. Paul Georg Schulte entschuldigt sich! Bittet ihn, Tom, um Verzeihung! Will am Dienstag kommen! Tom verkraftet das nicht, das ist ihm alles zuviel. Er heult aus Hilflosigkeit, Erleichterung und ist unsicher, wie er sich Paul Georg gegenüber verhalten soll. Möchte wieder weglaufen und weiß doch, dass das feige und falsch wäre. Wie schon beim letzten Mal, als er einfach aus dem Besuchsraum abgehauen ist.

Abhauen. Das ist immer seine letzte Rettung gewesen. Ausweichen, darin ist er ein Meister gewesen. Er hat viele Wege gefunden, das zu praktizieren. Weglaufen, bocken, schweigen, anderen die Schuld für den ganzen Mist geben. Das Elternhaus, die Schule, die Gesellschaft, die Umstände und die Bedingungen. Alles und alle. Nur er nicht, Tom. Er dachte lange Zeit, nur er wäre das Opfer.

Vor Gericht wurde er dann plötzlich „Täter" genannt, das hat ihn ziemlich geschockt. Es hat lange gedauert, bis er wirklich begriffen hat, dass er für sich und seine Sachen mit verantwortlich ist. Und zwar egal, wie die Bedingungen sind oder waren. Aber das ist so verdammt schwer. Das ist, als solle er eine schwere Last tragen, aber seine Muskeln wären schlapp und verkümmert. Schulte hat gemeint, dass man Muskeln trainieren könne und hat sogar sich selber als Trainer angeboten. Schulte hatte immer so gute Vergleiche, Tom versteht dann immer sofort, was der sagen will. Vor allem, weil er nicht nur blöde quatscht, sondern echt was tut. Da muss Tom nur an seinen Kampf mit den Buchstaben denken.

Schulte als Betreuer zu haben ist mehr als ein Glücksfall, das spürt er genau und weiß nicht mal, warum. Tom schimpft sich im Nachhinein als Riesenidioten, dass er alles aufs Spiel gesetzt hat. Bloß weil ihm mal wieder was quer gekommen ist.

So sehr er sich über Schultes Karte freut, so wenig schmeckt es ihm, dass er sich damit der Situation stellen muss. Paul Georg hat sich entschuldigt und Tom weiß, dass es auch an ihm ist, um Verzeihung zu bitten. Aber Tom kann das einfach nicht, das hat er noch nie gebracht. Aber bis Dienstag hat er noch Zeit.

Vor dem Dienstag liegt noch der Sonntag. Tom ist froh, wenn der endlich vorüber ist. Wenn Schule, Gruppe und Umschluss dem Tag wieder Gestalt geben. Sonntage sind ätzend, die Stunden schleichen dahin. Kemal und Pino sind meist im Besuchsraum. Kemals große Familie lässt kaum einen Besuchstag aus. Wenn das Kontingent erfüllt ist, werden Sonderbesuche beantragt und meist auch genehmigt. Kemal und seine Sippe sind da clever und unermüdlich. Vor allem Ayshe, die große Schwester, ist da auf Zack. Bei Pinos Besuchern blickt Tom nicht durch. Die Familie lebt in Italien. Trotzdem sind ständig Besucher da. Pino genießt und schweigt. Tom weiß genau, dass fragen keinen Zweck hat. Also lässt er es und freut sich über das extra Päckchen Tabak, das Pino ihm immer mal wieder über den Tisch schiebt.

§ 24 S. 148

§ 25 S. 149

Während Tom Frust schiebt und sich dem Sonntagsblues hingibt, lässt ihn eine Lautsprecherdurchsage aufhorchen: Er wird im Besucherraum erwartet! Von wem, verrät die nuschelnde Stimme nicht. Das darf aus Datenschutzgründen nicht durch die Flure getragen werden. Tom hat sich schon oft gefragt, was der Scheiß soll. Bei Gefahr im Verzug dürfen die Schließer ihm in den Arsch gucken, aber einen fremden Namen durch den Knast posaunen, das verbietet sich. Dabei wüsste er nur zu gerne, wer da auf sein Kommen wartet. Paul Georg kann es nicht sein. Erstens ist Sonntag und nicht Dienstag, zweitens muss Schulte ihn nicht im überwachten Besuchsraum empfangen. Es stinkt Tom gewaltig, dass er sich nicht auf den unbekannten Besucher einstellen kann. Ob er überhaupt Böcke auf ihn hat, interessiert keinen. Natürlich kann Tom sich weigern und auf der Hütte bleiben. Doch der Sonntag ist lang und die Neugier irgendwie dann doch größer als die Furcht.

Auf den ersten Blick hätte Tom seine Schwester fast nicht erkannt. Sie ist deutlich schlanker geworden, auch wenn sie noch immer ein paar Kilo zuviel auf den Rippen hat. Die deutlichste Veränderung sind die Haare. Nicht mehr blondiert und dauergewellt, sondern glatt und braun. Tom vermutet, dass dies ihre natürliche Haarfarbe ist, aber das kann man bei Frauen nie genau wissen. Wie lange hat er die Schwester nicht mehr gesehen? Fast zwei Jahre, wenn er richtig rechnet. Zwei Jahre, die bei ihm einiges in Gang gebracht haben. Bei ihr wohl auch, zumindest was ihr Aussehen betrifft.

Die ersten vorsichtigen Sätze. Frage-und-Antwort-Spiel. Herantasten, um die Fremdheit zwischen ihnen zu überwinden. Ohne dass Tom es von sich schieben könnte, überfällt ihn ein plötzliches Heimweh. Eine Sehnsucht, die ihm unbegreiflich ist. Als wäre der Graben, den er zwischen sich und der Familie gezogen hat, zugeschüttet. Er fühlt auf einmal, wie viel ihn mit seiner Familie verbindet. Trotz allem, was war. Trotz allem, was niemals sein wird, das ist ihm auch klar.

Die Schwester erzählt. Von ihrem Leben mit den Kindern. Von der Sozialarbeiterin, die ihr als Erziehungshilfe zur Seite gestellt worden ist. Erst hat sie das als Niederlage empfunden, aber bald doch gemerkt, dass es hilfreich war, sich darauf einzulassen. Diese Karin hat ein gutes Händchen für die Kinder und zwischen der Schwester und ihr stimmt die Chemie.

Während des Gesprächs hält Tom für einen Moment fast den Atem an. Sekundenlang scheint es so, als würde sich ein anderes Gesicht über das vertraute der Schwester stülpen: Das Gesicht seiner Mutter. Ihm ist nie aufgefallen, dass die beiden Frauen sich so gleichen. Mag sein, dass es nur im Bruchteil dieser Sekunde sichtbar geworden ist, aber es erschreckt ihn. Auch weil er fürchtet, dass ein ähnliches Schicksal wie das der Mutter auf seine Schwester wartet. Aber die ist anders. Dass sie heute gekommen ist, zeigt dass sie versucht, eigene Wege zu finden. Einer dieser Wege hat sie heute zu Tom geführt, zum Bruder. Er merkt, wie ihn dieser Gedanke freut.

Tom berichtet über seine Schulausbildung, die gute Fortschritte macht, von Schulte, Kemal, Pino und der Zeitungsgruppe. Von Mamuli und den anderen Lehrern. Die Schwester kann kaum glauben, dass Tom das Lesen gelernt hat, auch wenn es manchmal bei schwierigen Wörtern noch etwas holpert.

Ganz zum Schluss fragt Tom nach den Eltern. „Wie immer“, bemerkt die Schwester nur kurz und geht nicht weiter auf das Thema ein. Am Ende der Besuchszeit ein kurzer Abschied mit dem Versprechen, in Verbindung zu bleiben. Wie und wann, das bleibt unerwähnt.

Auf der Hütte zurück ist Tom froh, dass Sonntag ist. Nichts und niemand stört ihn bei seinen Gedanken, die in seinem Kopf wirbeln wie Blätter im Herbststurm. Der Besuch der Schwester hat vieles aufgewühlt und in der Erinnerung nach oben gespült. Wie oft hat er sich an die Schwester geklammert, wenn der Vater wieder einmal besoffen randaliert hatte, bevor der in seinen bewusstlosen Schlaf gefallen ist. Er hört das leise Wimmern der Mutter wieder, die ihr Schicksal beklagt, das Gekreische der Großmutter, die ihr Ruhe gebietet. Was soweit weg erschien, ist wieder ganz nah, hämmert in seine

Gedanken den Versagerrhythmus, droht alle Hoffnung zu verschlingen. Versager, Niete, Loser – er kann dem heute nicht entkommen.

Plötzliche Unruhe, laute Stimmen und das Signal des Notalarms reißen ihn aus seinen Gedanken. Der Sani bellt knappe Anweisungen. Von draussen Blaulicht und das Signal des Rettungswagens, die Bullen im Schlepptau. Alles deutet darauf hin, dass da wieder einmal jemand versucht hat, ins Paradies zu wechseln. Aber wer? In der Abteilung stand keiner unter Überwachung. Andererseits ist der Sonntag ein günstiger Tag für dunkle Absichten. Da läuft nur die halbe Besetzung rum. Auch die Schließer wollen mal ein freies Wochenende haben. Schleppen wohl einen Sack voll Überstunden mit, wenn man den Meldungen glaubt, Mit der Kohle soll es auch nicht so weit her sein.

Tom meint, die Stimme des Pfarrers zu hören. Verpasst er gerade jemandem die letzte Ölung? Er wagt einen kurzen Blick Richtung Flur: Der Pfaffe hat einen Schließer im Arm und klopft ihm beruhigend auf den Rücken. Tom reimt sich die Story mühsam zusammen: Knacki baut Scheiße, Schließer kommt – Schock!

Am Abend weiß Tom, dass er mit seiner Geschichte ziemlich richtig gelegen hat. Was ihn aber aus den Socken haut ist die Tatsache, dass es der schöne Klaus war, der sich ins Jenseits befördern wollte. Ob er es geschafft hat, steht noch nicht fest. Der schöne Klaus, der wie ein Pfau über die Flure stelzte, Goldkettchen um den Hals und bei jeder Gelegenheit seine Muskeln präsentierte wie ein Bodybuilder auf Entzug. Schmuck ist eigentlich nicht erlaubt, aber Klaus durfte, warum auch immer. Er sah immer aus, als würde er regelmäßig auf dem Asi-Toaster liegen, aber Fakt ist, dass der Knast nicht mit einer Sonnenbank dienen kann. Wahrscheinlich schmierte Kläuschen immer Selbstbräunungscreme auf den gestählten Körper. Mit seinem Spiegel hatte der ein ständiges

Date, kurz: Klaus war eine männliche Diva und zum Kotzen. Schwul war der nicht, er hasste aber Frauen, sofern sie nicht rothaarig waren. Natur, nicht gefärbt. Tom hat schon überlegt, ob Klaus so einen fachmännischen Blick hatte oder ob die Damen erst das Höschen ausziehen müssen, bevor er sie vernaschte oder aussortierte. Aber Tom hat nicht mal Lust gehabt, ihn danach zu fragen.

Jetzt allerdings stellen sich doch ein paar Fragen. Was mag sich unter dieser gestylten Oberfläche abgespielt haben? Man will doch nicht ohne Grund aus dem Leben abhauen! Klaus schien so selbstzufrieden, so überlegen und arrogant. Alles Tünche? Alles Fassade, weil innen drin nur ein klägliches Würstchen steckt? Sind die ganzen Anstrengungen doch umsonst gewesen? Warum? Tom findet keine Antworten. Vielleicht ist er zu blöd, sie zu finden. Oder es gibt gar keine.

Heute kann Tom dem Unterricht nur zeitweise folgen. Er ist unkonzentriert und nervös. Es ist Dienstag und am Nachmittag wird Schulte zu Besuch kommen, Tom sieht dem mit äußerst gemischten Gefühlen entgegen.

Mamuli hat gerade mit einem seiner berühmten Vorträge begonnen: „Der Ton macht die Musik", hört Tom ihn sagen. Das sind alte Kamellen für Tom, denn diesen Satz hat er bis zum Abwinken von seiner Oma gehört „Tonhöhe und Lautstärke geben Worten eine unterschiedliche Bedeutung", fährt der Mamuli fort. Was ist daran neu, denkt Tom, ist doch logisch. Wenn ich brülle, weiß jeder, wo die Glocken hängen. Mit halbem Ohr versucht Tom, den weiteren Sätzen zu folgen. Mamuli sagt, dass Sprache Gefühle in Menschen wecke und Musik mehr ausdrücken könne als Worte. Tom fällt nichts ein, was er dagegen hätte sagen können. Aber anfangen kann er mit diesen Worten nichts. Jedenfalls nicht heute. Mamuli fängt an, Beispiele aus dem Hut zu zaubern, doch Toms Ohren sind auf Durchzug gestellt. Er hängt seinen eigenen Gedanken nach. Mamuli sieht ihn mehrfach fragend an, aber heute geht er Tom entschieden auf den Zeiger. Er ist froh, als der Vormittag vorbei ist, doch noch ist der Tag nicht gelaufen. Schultes Besuch steht an.

§ 154 S. 163

Kaum hat sich Tom auf seine Pritsche gehauen, steht der Sozi im Rahmen und lässt sich Sekunden später unaufgefordert auf dem einzigen Stuhl nieder. Tom fühlt sich gestört und überrumpelt, ist aber klug genug, sich nichts anmerken zu lassen. Umständlich dreht er sich eine Zigarette, um sich zu sammeln und um Zeit zu gewinnen. Der Sozi lässt seine Blicke durch Toms Behausung schweifen und bleibt an einem der bunten Gebilde hängen, die Tom aus Schultes Weihnachtsgeschenk gebastelt hat. Er grabscht danach und beäugt es von allen Seiten, bevor er es wieder zurück ins Regal stellt. Tom hätte ordentlich Lust, dem Sozi auf die Pfoten zu hauen und ihm lautstark den Marsch zu blasen. Für solche Sachen hätte Mamuli ihm mal Text und Musik mitgeben sollen! Dem Sozi die Flötentöne beibringen. Mit Pauken und Trompeten. Schlagzeug, Solo, Gong! Obwohl Tom sauer ist, gluckst ein Lachen in seiner Kehle, das er mit einem kräftigen Husten verscheucht.

Der Sozi ist gekommen, um Tom zu sagen, dass jetzt eine Konferenz ansteht, die über Toms weiteren Vollzugsplan befinden wird. Eine erste Ausführung in Begleitung eines Vollzugsbediensteten und des ehrenamtlichen Betreuers soll angeblich in Aussicht gestellt werden. Das sind gute Nachrichten. Trotzdem hätte Tom gerne gefragt, warum der Sozi glaubt das Recht zu haben, an seinen Sachen herumzufummeln. Was würde wohl passieren, wenn Toms Finger über seinem Schreibtisch spazieren gingen? Da würden mit Sicherheit die disziplinarischen Maßnahmen prompt um die Ecke kommen, ungerecht ist das!

Der Sozi hat längst Leine gezogen, als Tom zu der glasklaren Erkenntnis kommt, dass Nachdenken das Leben kompliziert machen kann. Dass einfach nichts mehr so einfach ist wie früher.

Zum Glück verläuft das Gespräch mit Schulte einfacher, als Tom befürchtet hat. Als Schulte seine Entschuldigung wiederholt, fällt es Tom auf einmal leicht zu sagen, dass er sich auch entschuldigen möchte. „Gebongt", hat Schulte gesagt, seinen Pappbecher mit Kaffee erhoben und mit Toms Becher angestoßen. Natürlich ist etwas übergeschwappt, aber Schultes weißes Stofftaschentuch hat die kleine Pfütze beseitigt. Tom sieht zum ersten Mal, wie jemand außer dem Pfarrer in der Kirche ein Taschentuch entfaltet, der den Kelch immer mit einem ähnlichen Lappen abwischt.

Schulte fängt an, von dem bevorstehenden Ausgang zu reden. Kennt auch schon die Einzelheiten der Abwicklung. Drei Stunden lang soll es in die nahegelegene Stadt gehen. Ein Bediensteter, Sozi oder Vollzugsbeamter sowie er, Schulte, würden Tom begleiten. Tom und Schulte können sich überlegen, was sie in dieser Zeit machen wollen. Einen Spaziergang im Park oder am Fluss entlang, einen Gang durch das neue Einkaufscenter oder einen Besuch im Eiscafé. Das dürfen sie selbst entscheiden. Es wird aussehen, als würden drei Männer gemeinsam einen Bummel machen. Kein Mensch, dem sie begegnen, wird ahnen können wie es sich wirklich verhält.

§ 23
S. 148

Tom ist ein bisschen stinkig, dass Schulte und das System sich offenbar hinter und neben ihm über weitere Schritte verständigen, er wird garnicht gefragt. Gleichzeitig kapiert er aber, dass das nicht anders geht und dass ohne Schulte ein Ausgang überhaupt nicht im Gespräch wäre. Trotzdem fällt es schwer, das zu akzeptieren.

Er erzählt, dass seine Schwester zu Besuch gekommen ist. Schulte ist freudig überrascht und ermuntert Tom, den neu gewonnenen Kontakt auf keinen Fall wieder aufzugeben. Das möchte Tom auch nicht, aber er weiß natürlich, dass dafür zwei nötig sind. Er ist sich nicht ganz sicher, was der Besuch seiner Schwester bedeuten soll. Möglicherweise ist das nur ein spontaner Einfall von ihr gewesen. Ob das so ist, wird die Zukunft zeigen.

Heute ist es soweit. Der erste Ausgang steht auf dem Programm. Er soll nach dem Unterricht stattfinden. Ein junger Schließer in Zivil wird Tom und Schulte begleiten. Das Wetter meint es gut mit ihnen. Und als Tom mit seinen Begleitern aus der Pforte tritt, trifft ihn die Kraft der Sonne mit voller Wucht. Er hat die Hitze innerhalb der dicken Mauern seit Jahren nicht mehr so gespürt, Sekunden später ist er in Schweiß gebadet. Die Klimaanlage des Autos kühlt ihn dann gleich wieder ab und lässt ihn sogar frösteln.

Die ersten Kilometer geht es über die Autobahn. Tom hat zuvor niemals unter Problemen wie Übelkeit oder dergleichen beim Autofahren gelitten. Heute aber hat er Mühe, das Mittagessen bei sich zu behalten, ihm ist sauschlecht und schwindelig, die ungewohnte Fahrgeschwindigkeit macht ihm zu schaffen.

Die Landschaft rast an ihm vorbei, Autos überholen einander, ein Lastwagen biegt unvermittelt auf die mittlere Spur. Tom fühlt sich, als wäre er in ein unbekanntes Universum geschleudert worden. Alles rast, dreht sich vor seinen Augen, verschwimmt und bildet neue Konturen.

Im Parkhaus des Einkaufzentrums atmet er erleichtert auf, denn jetzt geben die eigenen Schritte wieder das Tempo vor. Doch seine Erleichterung hält nicht lange an. Mehrere Türen sind zu passieren und Tom bleibt wie im Knast jedesmal davor stehen, ohne die Klinke zu drücken und sich weiterzubewegen. Er ist es gewohnt, vor jeder Türe zu verharren, bis sie ihm aufgeschlossen wird. Der Schließer lacht und meint, dass Tom heute für ein paar Stunden auf den Service verzichten müsse. Schulte fasst Tom kurz an die Schulter und drückt sie leicht, er scheint Toms Verwirrung und Unsicherheit zu spüren.

Im Einkaufszentrum herrscht Lärm, Gedränge und Hektik. Musik, Lautsprecherdurchsagen und das Geräusch der Rolltreppen vermischen sich mit dem Plätschern der Springbrunnen, dem schrillen Gelächter einer offensichtlich nicht mehr ganz nüchternen Frauengruppe und der überdrehten Stimme eines Werbeverkäufers, der ein neues Pflegemittel für Edelstahl anpreist. Es riecht nach Parfum, Sonnencreme, Brot, Kaffee, Klostein, Vanille und Bratwurst. Farben, bunt und schrill in allen Schattierungen und Kompositionen bohren sich in Toms Augen und lassen sie tränen. Alle seine Sinne werden strapaziert, Augen, Ohren, Nase werden bombardiert mit ungewohnten Reizen. Tom freut sich nicht wirklich an seinem kleinen Stück Freiheit, es haut ihn einfach um.

Kurze Zeit später sitzt er mit seinen Begleitern im Eiscafé. Er hat sich nicht nur seine eigenen Klamotten auf der Kammer abholen dürfen, sondern sich auch einen Teil seines Taschengeldes aushändigen lassen. Er möchte Schulte auf einen Kaffee einladen, um sich bei ihm zu revanchieren; bei dem Schließer lässt er sich auch nicht lumpen, der ist eigentlich ganz nett. Vielleicht reicht es trotzdem noch für eine Packung Aktive. Wäre mal was anderes als ewig die Selbstgedrehten.

Im Eiscafé darf man nicht rauchen. Das ist Tom neu. Die Gesetze haben sich geändert. Die Preise auch. Nicht nur für Glimmstängel, Tom traut seinen Ohren nicht, als er hört, was die Packung kostet. Auch die Eiskugeln sind teurer, wenn auch nicht größer geworden. Und erst der Kaffee! Da muss eine alte Frau lange für stricken, wenn sie sich mal mehr als einen genehmigen will. Die Rechnung im Café kann er gerade noch bezahlen. Die Aktiven bleiben auf der Strecke, vielleicht ein andermal.

Tom ist froh, als er dem Einkaufscenter entfliehen kann. Im Park ist es ruhiger, die Bank unter der alten Kastanie ist noch frei. Auf der Wiese tollen Kinder. Wie lange hat er keine spielenden Kinder mehr gesehen? Manchmal sind Kinder im Besuchsraum vom Knast, aber die laufen nicht spielend und johlend rum. Die hocken verschüchtert oder gelangweilt auf ihren Stühlen, festgenagelt von strengen Blicken des diensthabenden Beamten. Dem fremd gewordenen Mann, der meistens ihr Vater ist, haben sie oft wenig zu erzählen.

Eben an der Fußgängerampel hat ihn ein kleiner Panikanfall am Wickel gehabt. Die Autos brausen in einer Geschwindigkeit an ihm vorbei, dass er deutlich den Luftzug spürt, den sie rasend erzeugen. Irgendwie macht ihm das Angst. Alles ganz anders als der Essenswagen, der im Schneckentempo über den Knastflur geschoben wird.

Tom sitzt, die Beine weit von sich gestreckt, auf der Parkbank und lässt sich die Sonne ins Gesicht scheinen. Eine Elster stolziert über den Rasen, ein leichter Wind spielt mit den Blättern des Kastanienbaums. Schulte und der Schließer führen ein leises Gespräch. Tom möchte die Augen schließen, sich weit weg träumen und den Geruch von Freiheit und Abenteuer schnuppern.

Für den Spaziergang am Fluss reicht die Zeit nicht mehr. Das macht Tom nichts aus, er ist fix und alle für heute, der Drei-Stunden-Trip hat ihn restlos geschafft. Er ist froh, dass er bald wieder auf seiner Hütte sein wird, die ihm heute wie eine vertraute Höhle erscheint, die ihm Ruhe und Sicherheit bietet.

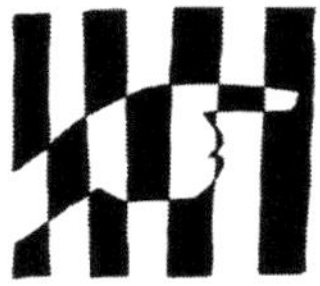

Am nächsten Tag wird er nicht nur im Unterricht auf seinen Ausflug angesprochen. Fast jeder, der ihm begegnet, will davon wissen. Tom hat sich eine Story zurechtgelegt, die er mal mit mehr, mal mit weniger Variationen angereichert zum Besten gibt. Er erzählt keinem, dass er sich zeitweise wie eine alte Frau auf der Achterbahn gefühlt hat, dass ihn Geschwindigkeit, Geräusche, Farben und Gerüche fast zum Kotzen gebracht haben. Wäre ja noch schöner, wenn er bei seinen knackigen Freunden als einer gelten würde, der keinen Arsch in der Hose hat und der sich benimmt wie die Jungfrau beim ersten Mal. Nur bei Kemal und Pino traut er sich, ein paar Bemerkungen fallen zu lassen.

Schulte hat er nichts vormachen können. Der hat gemerkt, was in Tom abgelaufen ist, auch wenn er nichts gesagt hat. Der Schließer wird einen Bericht über den Ausgang schreiben müssen. Darin kommt es nur darauf an, ob Tom sich angemessen benommen hat. Toms Empfindungen spielen darin keine Rolle, eine Spalte für Gefühle ist auf dem Formular nicht vorgesehen.

Toms Schwester hat eine Ansichtskarte geschickt. Von der Nordsee, sie macht dort eine Kur mit den Kindern. Es ist das erste Mal, dass Tom Post von ihr bekommt. Aber warum hätte sie auch schreiben sollen, zumal Tom ja nicht lesen konnte bisher. Das hat sich nun geändert und es wird von Mal zu Mal besser. Nur mit der Rechtschreibung hapert es noch. Da hat er sich im Unterricht nicht gerade mit Ruhm bekleckert. Schulte hat gemeint, Lesen würde wohl hilfreich sein. Bücher. Er hat Tom versprochen, demnächst mal eins mitzubringen. Das soll was werden! Bestimmt ein

Bilderbuch aus dem Kindergarten. Da kann er ja schon mal üben für den Fall, dass er später mal Nachwuchs hat. Kinder! Tom kann sich nicht ernsthaft vorstellen, jemals selber Vater zu sein. Er findet die Brut seiner Schwester ganz niedlich. Vorausgesetzt, sie ist stubenrein und unter zehn Jahre alt. Stinkige Windeln zu entfernen findet er ätzend, großmäulige Teenies zum Abgewöhnen. Er hatte sich immer einen tollen Vater gewünscht, aber er weiß genau, dass er selbst es niemals schaffen wird, so einer zu werden. Exknacki! So einen Penner will niemand haben. Vor allem keine vernünftige Frau. Eine abgefuckte Tusse will er aber trotzdem nicht.

Shit! Was spinnt er heute blöd rum. Da latscht er lieber in die Kirche, um sich abzulenken. Eine Band von draußen spielt da, nicht ganz brav, aber auch nicht extrem. Mamuli hat erzählt, dass der Rap seine Wurzeln im Blues und im rhythmisch vorgetragenen Gedicht hat, viele der Texte sollen wohl bewusst provozieren. Tom fragt sich, ob die Band bestimmte Wörter an der Pforte abgegeben muss, bevor sie in der Kirche unzensiert losgelassen werden. Oder einer stopft dem Kruzifix Stöpsel in die Ohren, damit der an der Wand nicht alles hört. Er muss lachen, als er sich das vorstellt.

Wenn Tom dem Mamuli glauben kann, soll der Jesus gar nicht so zimperlich gewesen sein und auch nicht immer den besten Umgang gehabt haben. Im Gegenteil, der war wohl ziemlich cool. Hat auch ab und zu mal einen getrunken. Sonst hätte der auf der Hochzeit nicht für den Wein-Nachschub gesorgt. Mamuli erzählt vieles ganz anders als der strenge Vikar früher im Reli-Unterricht. Der quatschte immer so salbungsvoll, da hat Tom schon garnicht mehr hingehört.

Pino und Kemal haben ihm hoffentlich einen Platz im Kirchenraum freigehalten, auf ihrer Etage kommen die Schließer irgendwie immer schneller aus dem Quark. Egal, welche Schicht. Die auf seinem Flur sind verschnarchter als alle anderen, Mist ist das.

Es hat Zeugnisse gegeben. „Sündenblätter“, hat Tom früher gesagt, damals, als er nur sporadisch am Unterricht teilgenommen hatte. Heute ist er fast ein bisschen stolz, als er das Blatt in der Hand hält. „Ein Leistungsnachweis“, hat die Lehrerin gesagt, „das ist das, was ihr euch erarbeitet habt“. Tom hat gearbeitet und hat es jetzt Schwarz auf Weiß, dass er in fast allen Fächern befriedigende Leistungen zeigt. Nur in Deutsch steht ein ‚ausreichend‘, dafür bringt er es in Mathe sogar auf ein ‚gut‘.

§ 40 S. 154

Mamuli hat mal wieder eine seiner typischen Reden gehalten. Der findet, dass Zensuren nicht das Gelbe vom Ei sind, weil sie seiner Meinung nach nichts darüber verraten, ob jemand denken kann, ob er Zusammenhänge erkennt und sie miteinander in Verbindung bringt. Gute Noten wären nur in der Musik von Bedeutung. Im Leben würden sie oft bloß zeigen, dass jemand über ein gutes Gedächtnis verfügt. Mamuli bürstet alles gegen den Strich, findet Tom. Schürt Zweifel, stellt in Frage, fordert heraus. Mit Mamuli zu reden ist nie bequem, aber es macht Tom Spaß, einen Gedanken ins Spiel zu bringen, den Mamuli geschickt aufgreift und weiterspinnt. „Ein wenig ist Schulte dem Mamuli ähnlich“, denkt Tom. Beide geben ihm nicht das Gefühl, dass sie ihn für blöd halten. Darum können sie ihn ab und zu aus dem Schweigen locken.

Tom ist klar, dass er ohne den äußeren Druck und die strengen Strukturen niemals zu diesen Schulleistungen gekommen wäre. Draußen hätte er zwar die Möglichkeit gehabt, seinen Schulabschluss nachzuholen, aber das wäre ihm nicht im Traum eingefallen. Und wenn, dann hätte er die Brocken bei der ersten Schwierigkeit geschmissen. Es funktioniert erst hier im Knast, das wird ihm plötzlich klar. Noch ist er nicht ganz am Ziel. Ein halbes Jahr noch bis zum Abschluss. Aber das wird er schon packen, Schulte und ein paar andere sagen das auch.

Gegen Abend ist Schulte gekommen. Er weiß von der Zeugnisausgabe und zeigt sich echt erfreut über das, was er liest. Das versprochene Buch hat er mitgebracht. Es ist tatsächlich ein Bilderbuch, aber nicht für kleine Kinder. Es ist ein Comic über das Leben von Anne Frank. Tom hat den Namen noch nie gehört. Schulte meint, Tom solle sich mal in Ruhe damit beschäftigen. Er nennt das Buch eine ‚grafische Biographie'. Comic wäre nicht zutreffend, denn komisch wäre der Inhalt bestimmt nicht. Egal wie Schulte das Ding nennt, Tom verspricht, gelegentlich darin zu blättern. Ist nicht soviel Text, mehr Bilder. Warum also nicht.

Viel wichtiger ist Tom, dass ein weiterer Ausgang genehmigt ist. Diesmal mit Schulte allein, das findet er klasse.

Tom brummt auf einmal der Schädel, er fröstelt und weiß nicht, ob ihm kalt oder warm ist. Bestimmt hat er sich was eingefangen. Um ihn herum hustet und schnieft es, als übe man für einen Rekord. Die Hälfte der Schließer hat es schon erwischt, den Bazillen und Viren ist es egal, bei wem sie siedeln. Sommergrippe. Obwohl von Sommer kaum die Rede sein kann. Es stürmt wie an Herbsttagen. Nach langen, heftigen Regenfällen zieht es einem im Wald fast die Schuhe aus. Der Matsch heftet sich an die Sohlen und gibt sie nur unwillig wieder frei. Es klingt, als hätten die Wege Blähungen. Den Vergleich hat Tom aber lieber für sich behalten, als er mit Schulte um die Talsperre gelatscht ist. Wolken eilten über den Wasserspiegel, teilten ihn in Licht und Schattenfelder, ein Reiher stand unbeweglich im Schilf.

Es ist merkwürdig, neben Schulte zu gehen. Tom hat Mühe, die gleiche Schrittlänge zu finden. Viele Stunden haben sie sich gegenüber gesessen, der Tisch zwischen ihnen hat die Körper halbiert und die Bewegungen reduziert. Schulte geht mit festem Schritt, wie einer, der sich seines Zieles sicher ist und der seinen Füßen vertraut.

Tom hat sich vor Jahren einen coolen Gang antrainiert. Breitbeinig und raumgreifend. Wie ein Cowboy, der den Saloon betritt, wo die schöne Maid errötend den Blick senkt und die Hand des Feindes zum Colt greift. All seine Kumpel gingen so. Daumen in der Hosentasche versenkt, die Ellbogen leicht nach außen angewinkelt. Tom wollte dazugehören, the lonely man, ganz cool. Schweigsam, geheimnisvoll und undurchschaubar. Wenn er zurückdenkt, weiß er auch heute noch nicht, worüber er sich mit den Typen hätte unterhalten können.

Schulte hat schon ein paar Sätze gesagt, bevor Tom schnallt, dass er es ist, der mit ihm redet. Er ist mit seinen Gedanken mal wieder irgendwo in der Vergangenheit hängengeblieben. Jetzt weiß er nicht, wie Schulte auf das Thema gekommen ist. Er erzählt etwas von einem Pferd und einem Hund, die miteinander befreundet sind. Sie mögen sich sehr und sorgen sich umeinander. Tom denkt, dass Schulte manchmal eine Menge Blödsinn erzählt. Er ist sich sicher, dass dem Pferd der Hund scheißegal ist – und umgekehrt auch. Was soll der Quatsch von der liebevollen Freundschaft? Doch dann dämmert es Tom, dass Schulte vielleicht so eine Art Beispielgeschichte erzählen könnte. Ein ‚Gleichnis', wie Mamuli kürzlich erklärt hat. So lässt er Schulte erst einmal weiter reden, ohne ihn zu unterbrechen.

Der Hund also sammelt die besten Knochen, um sie dem Pferd zu schenken. Das Pferd hortet Heu für den Hund, um ihn glücklich zu machen. Für Tom sonnenklar, dass beide auf dem Holzweg sind. Keiner kann etwas mit dem Geschenk des anderen anfangen. Aber Tom sieht auch, dass Pferd und Hund sich verdammt bemüht haben, dem anderen etwas zu geben. Das, was für jeden kostbar war, aber eben ohne daran zu denken, dass es für den anderen vielleicht wertlos sein könnte. Weil der Hund eben ein Hund ist und kein Pferd, und das Pferd ist kein Hund.

Tom hat die Geschichte sofort kapiert und trotzdem spürt er, dass in der Geschichte noch mehr steckt, als auf den ersten Blick zu erkennen ist. Ebenso ist er sich sicher, dass Schulte sie nicht zufällig erzählt hat. Denn nichts, was Schulte tut, ist zufällig, das hat Tom inzwischen kapiert.

Seine Papiertaschentücher sind alle, jetzt muss das Klopapier dran glauben. Seine wunde Nase auch. Die Knastrollen sind wie Schmirgelpapier. Passend zum Umfeld, stellt er grinsend fest, hart und unnachgiebig. Hoffentlich fühlt er sich morgen wieder besser. Die blöde Erkältung geht ihm mächtig auf den Zeiger.

Hoffmann, ein junger Schließer, hat gekündigt. Das wäre an sich kein Thema, wenn nicht die Gründe seiner

§ 155
S. 164

Kündigung und ein Interview mit der Knastzeitung die Wogen hochgeschaukelt hätten. Aber der Reihe nach: Hoffmann hatte sich, nachdem er einige Jahre als Handelsvertreter gearbeitet hat, zum Vollzugsbeamten ausbilden lassen. Nicht allein die Sicherheit des Arbeitsplatzes hatte ihn damals gelockt, er sehnte sich wohl auch danach, etwas Sinnvolles zu tun. Etwas zu bewirken. Nach drei Jahren hat ihn nun die Realität eingeholt und ihm alle Illusionen genommen. Er wurde aus dem Tor gejagt, weil er die Frechheit besessen hatte, die Missstände öffentlich zu benennen. Kurz gesagt, er hatte es gewagt, ohne die Genehmigung seiner Vorgesetzten seine Meinung zu äußern.

Im Interview hat er sich einiges von der Seele geredet, Tom hatte das mitbekommen. Vom Scheißgefühl, sich mit allen Problemen, die der Knastalltag bringt, alleine herumschlagen zu müssen. Warum gibt es für die Gefangenen Betreuer, für die Leute im Vollzugsdienst aber kaum jemanden, an den sie sich wenden können? Die Kollegen sind selbst überlastet. Zwischen Schweigepflicht und Hilferuf klafft ein Graben, den niemand überspringen kann, denn alle Beschwerden müssen den Dienstweg nehmen. Wie soll man mit dem Konflikt umgehen, dem Gefangenen ein menschliches Gegenüber zu sein und ihn nur Minuten später wegzusperren, weil eben nur einer von beiden den Schlüssel in der Hand hält? Wie die Ruhe bewahren, wenn Gewalt droht? Wenn einem Beleidigungen und Unverschämtheiten um die Ohren fliegen und die eigene Würde oft genug mit Füßen getreten wird? Wie es ertragen, wenn einem der Mund verboten wird und nichts in die Öffentlichkeit dringen darf, was die Konturen des Bildes verwischt, das man so mühsam gezeichnet hat? Hoffmann hat nichts mehr zu verlieren. Er hat gesagt, wie er die Dinge sieht.

In der Redaktion hat man lange diskutiert, ob, warum und wie dieses Thema veröffentlicht werden soll. Besonders Kemal hat sich dafür stark gemacht, er findet, dass der Knastalltag nicht allein aus der Sicht der Inhaftierten gezeigt werden soll. Die Schließer sitzen mit im Boot und sollen auch zu Wort kommen. Tom fällt es immer noch nicht ganz leicht, die Schließer nicht generell als Feinde zu sehen. Papa Witt ausgenommen. Zwei, drei andere vielleicht auch. Das, was Hoffmann gesagt hat, macht Tom nachdenklich. Vor allem, wie darauf reagiert wird. Tom versteht nicht, wie eine Meinungsäußerung so eine Wirkung erzeugen kann. Wieder einmal werden da die ‚Zwillinge' Sicherheit und Ordnung ins Spiel gebracht. Sie sollen der Gefährdung entgegentreten. Sie treten. Und wieder ist Ruhe.

Immer häufiger nimmt Tom an Veranstaltungen teil, die im Knast angeboten werden. Nicht immer geschieht das ganz freiwillig., die Lehrer üben leichten Druck aus, indem sie dringend empfehlen, sich den ein oder anderen Vortrag anzuhören. Heute ist sogar Schulte einer der Abendgäste, ein Typ von draußen zeigt Dias von seiner Islandreise. Toms Begeisterung hält sich in Grenzen. Aber besser Bilder gucken, als Frust zu schieben. Tom geht der Knastalltag zunehmend auf den Senkel, die Eintönigkeit der Tage, die sich kaum von einander unterscheiden. Nur auf dem Teller kann er manchmal erkennen, um welchen Wochentag es sich handelt. Alle sechs Wochen wiederholt sich der Speiseplan. Manchmal kann er den Fraß nicht mehr sehen. Nicht, dass das Essen schlecht wäre, aber es ist immer dasselbe und immer das, was sich in Riesenportionen kochen lässt. Tom träumt von

§ 17
S. 145

§ 21
S. 147

Brathähnchen, Pfannkuchen und fetten Burgern. Und dass es nicht immer auf allen Fluren nach Kohl und Erbsensuppe riecht.

Die Oma hat oft Reibeplätzchen gemacht. Da hat auch die ganze Bude gestunken, aber die Dinger waren superlecker. Wenn man Kohldampf hat, ist das ein verlockender Duft. Stinken tut das erst, wenn man satt ist. Reibekuchen mit Rübenkraut oder Apfelmus! Tom würde weiß Gott was dafür geben.

In Island scheinen keine Kartoffeln zu wachsen, sieht jedenfalls auf den Dias nicht so aus. Endlose Landschaft, Schafe, Schafe und nochmal Schafe. Pferde auch. Gletscher, Wasserfälle, Vulkane, Geröll. Moose und ein paar Pflanzen. Vögel, Regenbögen, Wolken. Alles reichlich. Nur Menschen sind kaum zu sehen. Ab und zu in der Ferne das rote Dach eines einsamen Gehöftes. Für Tom ist das alles nichts, aber der Schulte scheint entzückt zu sein. Bild für Bild nimmt seine Begeisterung zu. Was soll an so viel Gegend toll sein? Tom beobachtet ihn unauffällig von der Seite. Den hat irgend etwas am Wickel, das Tom nicht versteht. „Fast wie Mamuli", denkt Tom wieder einmal, der kann sich bei einem Thema so in Rage reden, als wäre er auf Speed. Der glüht dann fast vor Begeisterung.

Tom wünscht sich plötzlich, auch mal so empfinden zu können. Er fühlt sich dagegen so leer und stumpf, als wären seine Gefühle in Dämm-Material gewickelt und nur wenig könnte ihn erreichen.

Der Dia-Mensch faselt von Elfen und Trollen, die in Island sogar den Verlauf einer Straße beeinflussen können. Tom fällt es nicht schwer sich vorzustellen, dass solche Wesen dort heimisch sind. Nur Menschen kann er sich nicht in diese Landschaft denken. Vielleicht solche wie Schulte oder Mamuli. Er selbst könnte es dort nicht aushalten. Zu viel Weite, zu viel Stille. Das ist nichts für ihn.

Mit der Schulklasse hat er einmal einen Ausflug an den Rhein gemacht. Sie sind mit dem Schiff gefahren. Die Weigand hat an Bord jedem eine Cola spendiert. Flussauf- und abwärts waren viele Frachtschiffe unterwegs. Auf jedem lief ein Hund herum, manchmal flatterte Wäsche auf der Leine. Tom hatte sich oft gefragt, ob dem Hund das gefällt, so ohne Bäume und Sträucher an Bord und so viel Wasser drum herum. Die Weigand hat gesagt, dass Hunde schwimmen können, obwohl er nicht danach gefragt hatte. Die Weigand hat erstaunlich oft gewusst, was er gedacht hat. Das war ihm manchmal nicht ganz geheuer.

Tom hat auch gedacht, dass es schön sein müsste, auf einem solchen Schiff zu arbeiten. Man ist immer unterwegs und nicht in irgendeiner Fabrikhalle eingesperrt. Die Weigand hat allen erklärt, dass so ein Binnenschiffer viel lernen muss, bis er auf dem Fluss rumschippern darf. Tom hat sein kleines Spielzeugauto über das Schiffsgeländer fahren lassen, während die Weigand ihren Vortrag gehalten hat. Beim Anlegen hat der Dampfer ein wenig gezittert und das Auto ist über Bord geflutscht. Leider konnte das Ding nicht schwimmen und ist untergegangen.

Auf dem vorletzten Dia geht gerade die Sonne unter und taucht sofort wieder am Horizont auf. Mitternachtssonne. Tom wird sich gleich auf der Hütte einmal einreden, dass sie auch bei ihm scheint. Das fühlt sich besser an als die Scheinwerfer, die das Knastgelände nachts ausleuchten. Mit dem Troll im Wachtturm ist das eine viel schönere Geschichte.

Zum Abschied hat Schulte versprochen, ihn am Samstag abzuholen. Tom darf zum ersten Mal zu Schulte nach Hause.

Tom steht ziemlich unter Strom, wenn er an den Hausbesuch bei Schulte denkt. Er kann sich nicht vorstellen was ihn dort erwartet. Bei seinem letzten Ausgang hat Schulte ihm erzählt, dass er als Kind Salamander im Löschteich gefangen hat. Tom kennt nur den Lurchi aus der Kinderzeitung, der geht auf zwei Beinen und hat Salamander-Schuhe an. Einen echten Salamander kann Tom sich nicht vorstellen, weil er immer den Lurchi vor sich sieht. Am wenigsten aber kann er sich Schulte als kleinen Jungen vorstellen. Vor allem, weil Schulte so aussieht, als wäre er immer schon alt und erwachsen gewesen. Tom ist sich sicher, dass seine Phantasie eine gewaltige Macke haben muss, weil er sich nichts wirklich vorstellen kann. Oft weiß er nicht einmal mehr, wie seine Mutter aussieht oder der Vater. Er kriegt ihr Gesicht nicht zusammen, so sehr er sich auch anstrengt. Es ist, als würde alles zerfließen und andere Formen annehmen.

Mit seinen Tagträumen hat er dagegen nie Probleme. Da sieht er sich unter Palmen am Meer. Palmen, die sich im Tropenwind wiegen. Tanzende Paare, weiße Schiffe und chromblitzende Nobelschlitten. Alles wie im Film oder auf der Tapete im Fotoladen. Diese Bilder hat seine Birne gespeichert. Die kann er auf Knopfdruck hervorzaubern. Das klappt immer, obwohl es nichts bringt. Genau so wenig, wie ein Foto von einem knusprigen Brathähnchen ihn nicht sattmachen kann.

Pino kocht manchmal Nudeln auf seiner Hütte. Im Topf mit einem Tauchsieder. Den hat er zusammengebastelt, erlaubt ist das eigentlich nicht. Aber die Schliesser drücken ein Auge zu. In anderen Knästen soll es Wohngruppen und kleine Gemeinschaftsküchen geben, das wäre hier in diesem alten Kasten nicht machbar. Man muss versuchen, aus dem was man hat, das Beste zu machen, sagt Pino und serviert Pasta. Kemal erzählt von seinen Lieblingsgerichten, deren Namen und Geschmack Tom fremd sind. Als Kemal mal einen Granatapfel erwähnt, fragt Tom, ob man damit schießt oder ihn isst. Die beiden wollen sich ausschütten vor Lachen, sie finden Toms Bemerkung so witzig. Tom lässt sie in dem Glauben und grinst vor sich hin.

Am Samstag ist Tom schon in aller Frühe auf den Beinen. Frisch rasiert, geduscht und in Zivilklamotten, die nicht gerade dem neuesten Styling entsprechen, wartet er auf den Beamten, der ihn zur Pforte durchschließt.

Schulte ist pünktlich. Sein grauer Peugeot sieht aus, als hätte er eine Wüstenrallye hinter sich. Nur Scheiben und Rückspiegel sind blankgeputzt. Schulte fährt, wie er redet: Mal bedächtig, dann plötzlich schnell und zügig, kurz innehaltend, um dann umso kräftiger Gas zu geben. Gut, dass in den Vorstadtstraßen an diesem frühen Morgen kaum einer hinter ihm herfährt.

Nach einer knappen Stunde sind sie vor Schultes Haus. Toms Herz klopft bis zum Hals. Blase und Darm melden dringende Bedürfnisse an. Das hat ihm gerade noch gefehlt! Hoffentlich kann er sich so lange beherrschen, bis Schulte ihm den Weg zum Klo gezeigt hat. Sobald das Auto zum Stehen gekommen ist, springt Tom auf die Straße. Schultes Frau steht in der Haustür und erfasst die Situation mit einem Blick, zieht Tom ohne Umschweife ins Haus und schiebt ihn schnell dem rettenden Ort entgegen.

Als Tom erleichtert wieder erscheint, hat Falco sich zu Schulte und seiner Frau gesellt. Statt Tom zu beschnüffeln oder gar zu begrüßen, zieht er sich mit eingezogenem Schwanz zurück. Tom ist irritiert. Warum zeigt der Hund so deutlich seine Ablehnung? Sagt der Instinkt des Tieres, dass Tom nichts taugt? Schulte beruhigt Tom, er solle das nicht persönlich nehmen. Falco habe eine schlimme Vergangenheit hinter sich, nur zu Kindern habe er spontan Vertrauen. Alle anderen, vor allem Männer, müssten es sich erst erwerben. Auch bei ihm, Schulte, habe es eine Zeit gedauert, bis Falco sich genähert habe.

Schultes Frau hat sich nach einer kurzen, nachgeholten Begrüßung wieder zurückgezogen. Nicht ohne anzumerken, dass das Auto wie Sau aussähe und die Männer gemeinsam Abhilfe schaffen könnten. Bevor sie aber zur Tat schreiten, führt Schulte Tom durch die unteren Räume des Hauses. Das Klo kennt er ja schon, Terrasse und Garten heben sie sich für später auf.

Kurze Zeit später wird mit Schlauch, Eimer und Lederlappen das Auto gewaschen. Schulte pfeift vor sich hin, während Tom seinen Gedanken nachhängt. Eigentlich hat er keine Böcke darauf gehabt, an seinem Ausgehtag wie selbstverständlich zur Arbeit eingeteilt zu werden. Andererseits gefällt es ihm, mit Schulte gemeinsam das Auto zu wienern. So, als würden sie das jede Woche machen. Falco sitzt in sicherem Abstand und schaut ihnen zu.

Nach getaner Tat sitzen Tom und Schulte auf der Terrasse und teilen sich eine Flasche Weizenbier. Es ist Tom eigentlich nicht erlaubt, bei seinem Ausgang Alkohol zu trinken, doch Schulte meint, erstens wäre der längst verflogen, wenn Tom wieder einrücke und außerdem sei Bier kein Alkohol, sondern ein Nahrungsmittel. Tom weiß es besser., er braucht nur an seinen ewig betrunkenen Vater zu denken. Schon nach ein paar Schlucken wird ihm ein wenig schwindelig.

Nach so langer Abstinenz zeigt die kleinste Menge an Alkohol Wirkung.

Bald schon taucht Schultes Frau mit dem Mittagessen auf und nach wenigen Handgriffen liegt die rotkarierte Decke auf dem Tisch. Teller, Besteck und Servietten werden verteilt, bevor eine von Tom lange entbehrte Köstlichkeit auf den Tisch kommt: Schnitzel mit Bratkartoffeln und Salat! Allein der Duft der Speisen lässt Tom fast die Tränen in die Augen treten. Augenblicklich ist alles wieder ganz nah. Die Eltern, die Oma, die Schwester. Früher, damals. Es hat auch gute Zeiten gegeben, wenigstens manchmal.

Falco ist inzwischen nähergekommen, wahrscheinlich hat ihn der Fleischduft angelockt. Er macht sich auf den Terrassenfliesen lang und beobachtet die kleine Gruppe.

Tom weiß nicht so recht, wohin er mit der Serviette soll. Schulte hat ein Serviettenende ins Hemd geklemmt und den Rest über seiner Wampe drapiert. Seine Frau hat sie sich über die Oberschenkel gebreitet und zurechtgezupft. Servietten hat es in Toms Zuhause nicht gegeben, er lässt sie erstmal neben dem Teller liegen.

Die Bratkartoffeln sind spitze, das Schnitzel super und der Salat mit der würzigen Soße einsame Klasse. Tom ist im Paradies. Der Salat ist aus dem Garten, bemerkt Schulte. Tom ist es egal, wo das Zeug herkommt, Hauptsache, es befindet sich auf seinem Teller. Nachdem er noch ein Schälchen Schokopudding verdrückt hat, ist er pappsatt und zufrieden.

Schulte schlägt einen kleinen Verdauungsspaziergang vor. Falco scheint ihn verstanden zu haben und wedelt aufgeregt mit dem Schwanz. Schulte leint ihn an und drückt Tom die Leine in die Hand. Tom kann nicht behaupten, dass ihn das glücklich macht. Aber er wagt es nicht zu motzen und latscht schweigend neben Schulte her. Anfangs kommen sie kaum voran. Falco schnüffelt an jedem Baum und Strauch. Ständig hebt er das Bein und pieselt. Tom fragt sich, wo er das alles hernimmt. Doch er bemerkt, dass der Hund nicht einfach drauf los strullt, sondern oft nur ein paar Tropfen ablässt. Schulte meint, dass er Botschaften hinterlasse. Tom interessiert das nicht sonderlich. Doch er hat den Köter nun mal an der Schnur und muss ständig stehenbleiben. Als sie zwischen Wiesen und Maisfeldern angekommen sind, knipst Schulte den Hund von der Leine. Der stürmt freudig los. Immer wieder läuft er vor oder bleibt zurück. Aber er achtet immer darauf, seinen Herrn nicht aus den Augen zu verlieren.

Tom ist nicht so laufbegeistert wie Falco. Erstens hat er nur zwei Beine und ist somit im Nachteil. Zweitens ist er völlig untrainiert.

Das Karree des Gefängnishofes ist klein und eben. Die Wege draußen fordern der Muskulatur bedeutend mehr ab. Tom ist froh, als Schulte eine Bank ansteuert. Falco stromert noch ein wenig herum, irgendwann hat auch er genug. Er nähert sich der Bank, auf der sie sitzen, legt sein Kinn auf Toms Oberschenkel und sieht ihn lange und prüfend an.

Als sie zurückkommen, ist der Kaffeetisch gedeckt. Pflaumenkuchen mit Sahne erwartet sie. Die Früchte sind auch aus Schultes Garten, den will er Tom beim nächsten Mal zeigen, denn soviel Zeit ist heute nicht mehr. Tom muss pünktlich zurück. Sonst wird es kein nächstes Mal geben.

Die Rückfahrt im blitzblanken Auto kommt Tom viel kürzer vor als der Hinweg. Als er die Mauer mit den Wachtürmen sieht, krampft sich sein Magen zusammen. Es liegt sicher nicht daran, dass er so üppig gegessen hat.

In den nächsten Tagen lässt Tom die Stunden bei Schulte immer wieder Revue passieren. Natürlich hat er auch allen, die es wissen wollen, davon erzählt. Vom leckeren Essen, vom Autowaschen, vom Spaziergang mit dem Hund. Sogar dem Sozi hat er freiwillig berichtet. Schulte wird auch noch ausgehorcht werden, das übliche Spiel. Es kotzt Tom immer wieder neu an. Das kommt davon, wenn man sein Leben verkackt hat, da schnüffelt jeder in allem herum. Schreibt Berichte, gibt Beurteilungen ab, stellt gute oder schlechte Prognosen. Alle meinen, dass sie den Durchblick haben. Tun jedenfalls so, außer dem Pfaffen. Der gibt wenigstens zu, dass sein Boss mehr Ahnung hat. Die Übrigen meinen, selbst der liebe Gott zu sein.

Tom wird ihnen trotzdem nicht hinten reinkriechen. Niemals. Doch die Klappe zu halten, das hat er inzwischen gelernt. Wenn man die Arschkarte hat, kann man nicht hoch pokern.

Das Wichtigste hat er ohnehin für sich behalten. Weil man es auch gar nicht erzählen kann. Weil es dafür keine Worte gibt, jedenfalls keine, die Tom kennt. Das mit den Worten ist ohnehin schwierig, da kommt schnell was in den falschen Hals, auch wenn man den Anderen gar nicht sauer machen will. Tom passiert das immer wieder. Wenn er dann alles erklären und richtigstellen will, verheddert er sich meistens noch mehr. So ähnlich, wie in der Geschichte mit dem Hund und dem Pferd. Die geben sich auch alle Mühe und trotzdem geht alles in die Hose.

Das mit dem Hund hat er niemandem erzählt. Das mit Falco. Wie der zuerst so komisch gewesen ist und ein paar Stunden später … Obwohl sich Tom gar nicht bemüht hat. Kein Stöckchen geschmissen, kein Leckerli aus der Tasche geholt. Null.

Immer, wenn Tom daran denkt, überflutet ihn ein ganz eigenartiges, so gut wie nie dagewesenes Gefühl. Falcos

Kinn auf seinem Bein, der Blick aus dunklen Hundeaugen. Da braucht es keine Worte. Tom hatte seine Hand ganz vorsichtig auf Falcos Kopf gelegt und ihm damit eine Antwort gegeben.

Am Sonntag ist die Schwester wieder zu Besuch gekommen. Hat ihm Tabak und Kekse spendiert. Der Kaffee aus dem Automaten ist eine dünne Plörre, Tom hat aus Versehen den Pappbecher umgestoßen. Heiß war die Brühe jedenfalls und jetzt brennt sie wie Feuer auf seinen Schenkeln. Der Fuzzi von der Besuchsaufsicht hat sie beide nicht aus den Augen gelassen. Hätte ja ein Ablenkungsmanöver sein können, um klammheimlich verbotene Dinge auszutauschen.

In solchen Momenten wird Tom immer wieder klar, dass er nicht zum Vergnügen einsitzt. „Alles all inclusive", wie Pino immer sagt. Der hat auch Besuch, sitzt drei Tische weiter und zwinkert Tom zu.

Die Schwester ist frisch verliebt, wieder mal. Hat beim Gruppentreffen der Alleinerziehenden einen Typen kennengelernt, Vater von zwei Töchtern. Die Mutter ist vor einem halben Jahr gestorben. Jetzt wollen sie bald zusammenziehen, wenn sie eine größere Wohnung finden. Mit zusammen sechs Gören ist das nicht leicht. Tom denkt, dass die Wohnung wohl das kleinste Problem ist. Die Schwester ist happy. Das ist immer so, am Anfang, wenn noch alles neu und prickelnd ist. Wenn die Limonade dann nicht mehr braust, wendet sich das Blatt, das hat er oft mitbekommen. Dann ist schnell Hängen im Schacht. Ein Andenken bleibt meistens zurück. Das hat zwei Beine und kackt die Pampers voll. Aber Tom will den Teufel nicht an die Wand malen, vielleicht klappt es diesmal ja wirklich. Er würde es der Schwester wünschen.

„Es wird nichts so heiß gegessen, wie es gekocht wird", hat die Oma oft gesagt. Dieser Spruch kommt Tom immer wieder in den Sinn, wenn er an seine verkorkste Zukunft denkt. Verkorkste Zukunft? Das ist irgendwie bescheuert, denkt Tom. Kann man etwas versaubeuteln, was noch gar nicht da ist? Die Zukunft zum Beispiel. Gibt es die überhaupt oder ist immer nur Gegenwart? Toms Gedanken kommen ins Trudeln, wenn ihm solche Fragen durch den Kopf schießen und er kein Packende kriegt, um sie aufzudröseln. Manchmal muss er mit dem Denken einfach aufhören, weil er sonst total ins Schleudern kommt.

Das mit der Anne Frank aus Schultes Buch ist auch so eine Sache. Er kapiert das alles nicht. Die Geschichte hat er schon geschnallt, also wie es Anne und ihrer Familie ergangen ist. Er rafft es aber beim besten Willen nicht, das *Warum* zu begreifen. Die hatten doch nichts getan! Nichts Kriminelles, jedenfalls nicht, soweit er das sieht.

In den Nachrichten kam neulich was von Nazi-Deutschland, Feiern zum Kriegsende. Krieg kann sich Tom auch nicht vorstellen, hier bei uns. Er will Schulte mal fragen. Der muss davon schließlich was mitgekriegt haben, auch wenn der damals noch ein Kind gewesen sein muss.

Die Oma konnte nie etwas wegwerfen, die hat sogar krumme Nägel und einzelne Schrauben aufgehoben. Und gemeckert, wenn er das Geschenkpapier vom Weihnachtspäckchen zusammengeknüllt hat. Sorgfältig hat sie es wieder glatt gestrichen und gebügelt. Papier gebügelt! Das muss man sich mal vorstellen. Die Mutter hat gemeint, dass das mit dem Krieg zu tun hat, weil es da nichts gab. Tom hat das immer für beknackt gehalten. Weil es doch heute alles gibt, in den

Geschäften packen sie die Päckchen doch sogar umsonst ein. Die Oma hat gesagt, dass das nicht umsonst ist, auch wenn das so aussieht.

Tom hat damals keine Lust gehabt, sich mit ihr anzulegen. Jetzt ist die Oma seit ein paar Monaten tot. Ob man ihr den Sarg mit Geschenkpapier ausgepolstert hat? Sie hatte sicher genug gehortet. Manchmal war die Oma echt schräg drauf, aber er spürt kurz, dass er sie auch gern gehabt hat.

Kemal ist schlecht drauf, schon eine ganze Weile. Seine Abla heiratet und er weiß noch nicht, ob er dabeisein kann. Schon vor Wochen hat er den Antrag gestellt und noch ist nicht klar, ob der genehmigt wird. Irgendeine höhere Stelle wird das entscheiden, nicht einmal der Anstaltsleiter hat hier freie Hand. Tom blickt da nicht durch. Aber er hält Kemal fest die Daumen, dass es klappt.

§ 23 S. 148

Kemal hat angeboten, dass ihn alle Schließer der Abteilung begleiten dürfen. Selbst den Anstaltsleiter wollte er einladen, bei vier- bis fünfhundert Gästen käme es darauf nicht an. Tom denkt erst, er hätte sich verhört. Fünfzig Gäste findet er schon happig. Aber fünfhundert? Tom kennt keine Kneipe, wo man so eine Menge unterbringen könnte.

„Alles easy“, beruhigt Kemal. Alles normal. Gefeiert wird in einem großen Saal am Rande des Industriegebietes. Da finden fast jede Woche türkische Hochzeitsfeiern statt. Natürlich kostet das ein kleines Vermögen und die Gäste schenken Geld und Schmuck für die Braut. Es gibt Musik,

Essen, Getränke und Tanz. Aber man heiratet doch nur einmal im Leben, oder?

Kemal ist ziemlich unausstehlich, solange die Angelegenheit noch nicht in trockenen Tüchern ist. Die Frage ist immer noch, wer Kemal begleiten und beaufsichtigen soll. Da die Feier auf einen Samstag fällt, reißt sich eigentlich niemand darum. Aber es gibt auch eine Portion Neugier, bei so einem Ereignis dabei zu sein. Der Pfarrer hat sich sofort bereit erklärt. Tom fragt, ob der sich dann während der Trauung in der Moschee kniet. „Quatsch", klärt Kemal auf. Nur wenige Muslime gingen zum Heiraten in die Moschee, es gäbe nur eine standesamtliche Trauung. Gefeiert würde erst einen Tag später. Dann ginge aber die Post ab. Wie sehr hofft Kemal, dass er dabei sein kann!

In ein paar Monaten wird Tom zwei Drittel seiner Strafe abgesessen haben. Dank ‚guter Führung', dem hoffentlich dann erreichten Hauptschulabschluss und nicht zuletzt mit Schultes Unterstützung dürfte es ihm gelingen, in die Freiheit entlassen zu werden, auf Bewährung, versteht sich. Sollte er gegen die Auflagen verstoßen, fährt er gleich wieder ein, das ist Tom klar. Klar ist auch, dass er bis dahin noch ein ordentliches Lernpensum bewältigen muss. Damit ist nicht nur der Schulabschluss gemeint

§ 159
S. 165

Bei seinen kurzen Ausflügen in die Freiheit ist Tom mit Erschrecken klar geworden, dass er ständig auf dem Schlauch steht, weil er mit den simpelsten Dingen nicht mehr zurechtkommt. Es hat sich so viel verändert und meist hat er keine Ahnung, wie das alles funktioniert.

Früher ist er zum Bahnhof gegangen und hat sich am Schalter die Fahrkarte besorgt. Jetzt sind die Schalter geschlossen, stattdessen steht in der Halle ein Blech-Ungetüm mit vielen Knöpfen, Schlitzen und Tabellen. Schulte hat ihm gezeigt, wie man Tarifzonen wählt, den Zielbahnhof eingibt und die Anzahl der Fahrkarten bestimmt. Man muss aufpassen, ob man einen Mehrfahrtenausweis oder eine Einzelkarte wählt. Das Bezahlen ist eine Sache für sich. Es gibt die Möglichkeit, mit Geld- oder Kreditkarte zu löhnen, Münzen oder Geldscheine einzusetzen. Aber nur die, die angezeigt sind. Meist flutscht der Geldschein mehrfach wieder aus dem Schlitz, bevor er endlich mit dem Sicherheitsstreifen an der richtigen Stelle eingegeben wird. Die Bedienung des Kastens setzt voraus, dass man weder sehbehindert noch Analphabet ist und sich mit der Buchstabenanordnung einer Tastatur auskennt. Ferner muss man über die passenden Münzen oder Geldscheine verfügen. Hat man alle Hürden gemeistert, darf man nicht vergessen, das Ding zu entwerten. Sonst gilt man als Schwarzfahrer. Prima. Das fehlte gerade noch.

Auch im Supermarkt kommt Tom ins Schleudern. Obst eintüten, Nummer eintippen, Wiegen, Etikett drauf pappen ist okay. Preise scannen, Symboltasten drücken, Nettopreise vergleichen, Verfallsdatum beachten … Tom brummt der Schädel. ‚Tante Emma' und ihr Laden ist tot und Tom trauert ihr heimlich nach.

Gut, ein paar Jahre war er aus dem Verkehr gezogen. Aber was er nun erlebt, ist echt krass. Teurer ist das Zeug auch noch geworden, dabei muss der Kunde fast alles selber machen. Manche befummeln jedes Obststück, bevor sie es wieder zurücklegen. Begrapschen alles, es ekelt ihn an. Tom möchte am liebsten allen auf die Griffel klopfen.

Mit vielen neuen Begriffen kommt er auch nicht klar. Am ‚Servicepoint' gibt es Auskunft, wo ‚Terminal' und ‚Counter' platziert sind. Verdammt. Er wollte doch nur wissen wo ….

Tom rast der Blocker. Er blickt nicht mehr durch. Jedes Kleinkind scheint sich besser auszukennen. Schulte auch. Dabei ist der, im Gegensatz zu Tom, ein alter Sack.

„Im Namen des Volkes!“ Tom hat Mühe, wieder einen Platz zu finden.

Oft kommt es Tom vor, als lebe er in einer Zwischenwelt. Noch sitzt er im Knast. Hart konfrontiert mit allem, was dazu gehört.

Doch immer wieder kreisen seine Gedanken um das, was in absehbarer Zeit auf ihn zukommen wird. Obwohl er das Ende der Knastzeit herbeisehnt, muss er sich eingestehen, dass er ordentlich Muffen hat, wenn er an das ‚Danach‘ denkt.

Ein erneuter Besuch bei Schulte liegt hinter ihm. Diesmal ist es sogar ein Wochenende gewesen. Schultes Frau macht keine Fisimatenten. „Schuhe aus!“ tönt es gleich bei Ankunft aus der Küche und Tom schlüpft brav in die bereitgestellten Pantoffeln. Kurze Zeit später hat er einen Besen in der Hand und darf den Hof fegen. Da wird nicht lange gefackelt. Schulte schmunzelt. So kennt er sein Weib, konsequent und herzlich zugleich. Die richtige Mischung, wie er findet.

Das alles hilft Tom, seine ganze Schüchternheit zu verlieren. Gleichzeitig, oder vielleicht genau deswegen, ist er aber auch auf der Hut. Nie wieder will er am Fliegenfänger Hoffnung kleben. Hoffnung, die allzu oft zur Enttäuschung geworden ist.

Falco hat ihn freudig wedelnd begrüßt und ihn mit seiner feuchten Schnauze immer wieder angestupst. Dem allerdings glaubt Tom die Zuneigung. Der Hund kann sich nicht

verstellen. Bevor Tom mit Grillhähnchen und Pommes belohnt wird, heißt es noch, bei Adele Rasen zu mähen. Adele ist eine Verwandte von Schulte und wohnt ein paar Straßen entfernt. Hirn und Mundwerk funktionieren bei Adele noch gut. Sonst ist sie ein wenig klapprig geworden, wie Schulte bemerkt. Toms Begeisterung für die erneute Aufgabe hält sich in Grenzen: Soll er etwa zum Haussklaven werden? Erst den Hof fegen, dann Rasen mähen. Tom ist gespannt, welches Programm noch auf ihn wartet. Und richtig, am Nachmittag sollen die Äpfel vom Baum geholt werden, Trotzdem will sich sein innerer Protest nicht zu Worten formen. Ganz tief im Innern spürt er, dass es nicht darum geht, seine Arbeitskraft auszunutzen. Es geht um das Gefühl, dazuzugehören. Ein Teil der Gemeinschaft zu sein und nicht nur ein flüchtiger Gast.

Während der Apfelernte erzählt Schulte, was ihm sein Garten bedeutet. Tom spürt in seinen Worten, welche leidenschaftliche Verbundenheit Schulte mit seinen Pflanzen hat. Er erahnt das Glücksgefühl, wenn Schultes Hände die Erde fühlen. Verstehen kann er es nicht, wenn der vom Wachsen und Gedeihen erzählt. Doch beim Zuhören spürt Tom eine Sehnsucht, die sich nicht in Worte fassen lässt. Die ist mehr als alles, was er sich jemals gewünscht hat.

Die Nacht hat er im Zimmer des verstorbenen Sohnes verbracht. Es war ein komisches Gefühl, so als wäre er ein Eindringling. Die Geräusche der Nacht waren so anders als hinter den Mauern. Der Wind, das Rauschen der Bäume. Der Nachtvogel, dessen Ruf erst spät verstummte.

Erst gegen Morgen ist Tom eingeschlafen.

Beim Hofgang hat Tom die ersten Wildgänse gesehen. Schon vorher hatte er ihr typisches Schnattern gehört, bis er das wacklige Dreieck der Gruppe am Himmel entdeckt hat: Wildgänse auf ihrem Flug nach Süden. Sie wissen, wann sie aufbrechen müssen, kennen ihr Ziel und ihren Platz in der Formation. Jedes Jahr haben sie auf der Wiese am Ortseingang seines Wohnortes Rast gemacht, bevor sie zu ihrer weiteren Reise aufgebrochen sind. Wenn die Wildgänse vorbeigezogen sind, hat es nicht mehr lange gedauert, bis der Winter gekommen ist.

Auch wenn es noch Zeit bis Weihnachten ist, haben die Vorbereitungen für den Adventsbasar schon begonnen. Tom hat sich entschlossen, bei der Töpfergruppe zu helfen. Seine Hände lieben den feuchten Ton, und er hat Geschick bewiesen, dem unförmigen Klumpen eine Form abzugewinnen. Der Gruppenleiter hat ihn sogar gelobt, das ist ihm fast ein wenig peinlich gewesen. Natürlich tut ihm die Anerkennung gut. Trotzdem traut er dem Braten nicht so recht, wittert eine mögliche Falle, eine Absicht dahinter. Warum sonst sollte ihm der Typ Honig ums Maul schmieren?

Kemal dreht am Rad. Über seine Ausführung ist immer noch nicht entschieden. Am besten geht man ihm aus dem Weg, bei der kleinsten Kleinigkeit flippt der aus. Selbst Pino kann ihn nicht ausbremsen, wenn er in Fahrt ist.

Im Unterricht geht es auf den Endspurt zu. Tom ist zuversichtlich. Mit dem Lesen klappt es immer besser. Die Rechtschreibung kann er vergessen. Trotzdem will und muss er den verdammten Abschluss erreichen. Auch wenn er weiß, dass der ihm im Leben da draußen nicht wirklich etwas bringt.

Wenn ihm das Schicksal gnädig ist, wird er die Weihnachtstage bei Schulte verbringen. Aber noch ist das Zukunftsmusik, doch die Hoffnung erhellt die Gegenwart! Zu diesem Schluss ist die Drinnen-Draußen-Gruppe bei ihrer letzten

Zusammenkunft gekommen. Tom hatte absolut keine Böcke, daran teilzunehmen. Null Interesse am Thema „Hoffnung und Realität“, das ging Tom total gegen den Strich. Doch Schulte bestand darauf. Tom weiß, dass man viele kleine Brötchen backen muss, um irgendwann die Chance zu haben, an den großen Kuchen zu kommen. Der heißt in seinem Fall: weitere Vollzugslockerungen und Haftentlassung auf Bewährung. Also ist er brav zum Samstagstreff gegangen und hat es tatsächlich nicht bereut. Auch wenn ihn das Ganze ordentlich geschlaucht hat. Hoffnung und Realität! Das sind Reizworte für ihn. Beides zusammen gibt es nicht. Die Realität erschlägt die Hoffnung. Immer. Und immer wieder!

Bilder steigen in ihm hoch, die er ganz tief unten halten möchte. Panik kommt auf. Er fühlt, wie sich auf seiner Oberlippe Schweißtropfen sammeln und die Hände feucht werden. Schultes kräftige Hand auf seiner Schulter lässt ihn wieder ruhiger werden. Das hilft ihm auch, den Schmerz auszuhalten, der wie ein Messer in seine Eingeweide fährt.

In den Stunden danach wiederholt er immer wieder den einen Satz: „Die Hoffnung erhellt die Gegenwart.“ Wie ein Mantra spricht er den. Immer wieder.

Seit Tagen regnet es ohne Unterlass. Der Herbststurm wirbelt welke Blätter über den Gefängnishof. Die Außenlampen brennen Tag und Nacht und schaffen es doch nicht, den dicken Nebel zu durchdringen. Der wabert über die Mauern, kriecht durch alle Ritzen und Löcher. Grau und kalt legt er sich über

Haut und Haar, verschlingt Farben und Lachen. Herbstblues. Tom hasst diese Tage. Totensonntag. Volkstrauertag. Buß- und Bettag. Knastdepressionstag. Suizidgedenktag.

Schulte hat seinen Besuch abgesagt. Er hat Adele ins Krankenhaus bringen müssen. Sieht nicht gut aus mit ihr, Metastasen überall. Tom ist es schleierhaft, wo die bei der halben Portion Platz gefunden haben. Aber wahrscheinlich ist das Wort länger als die tückischen Dinger, die sich überall einnisten können. Tom hat von Medizin null Ahnung, trotzdem weiß er, was so eine Diagnose bedeutet. Zwar ist Adele kein junger Hüpfer mehr, aber dennoch. Jetzt hat Schulte das Problem an der Hacke und Tom guckt in die Röhre, weil Schulte nicht kommen kann. Shit. Ausgerechnet heute, wo ihn die Depri voll am Wickel hat.

Als Kontrastprogramm führt Kemal Freudentänzchen auf, die Ausführung zur Hochzeit seiner Schwester ist endlich genehmigt. Der Pfarrer, ein Sozi und ein Vollzugsbeamter werden ihn begleiten. Hoffentlich läuft der Grüne nicht in Dienstkleidung auf! Das wäre mehr als peinlich. Tom gibt sich Mühe, Kemals Freude zu teilen, aber das will ihm heute nicht so recht gelingen.

Die Schwester hat erzählt, dass die Kids schon begonnen haben, ihre Wunschzettel zu schreiben. Das Christkind hat heutzutage eine richtige Postadresse, ‚Engelskirchen' oder ‚Himmelsthür', wenn Tom das richtig verstanden hat.

Tom würde auch gerne einen Wunschzettel schreiben. Nur der Adressat bereitet ihm Schwierigkeiten. Wohin soll er seine Wunschliste schicken? An das Schicksal, an das Leben, an die Strafvollzugskammer oder vielleicht an sich selbst?

Schulte hat sich auch schon erkundigt, ob Tom einen speziellen Wunsch hat. Ihm ist nichts eingefallen. Gut, er könnte neue Jeans gebrauchen, seine ist wirklich von gestern und wirft Falten am Hintern. Das sieht ätzend aus. Schulte könnte mit ihm zu einem geilen Shop fahren, die Mäuse für ein neues Teil hat er selbst.

Weil es mit den Töpfen so gut fluppt, will Tom für Schulte und seine Frau eine Obstschale und einen Krug herstellen. Die haben es ja mit dem Garten, dem Obst und dem Saft, alles Hausmarke Schulte. Da passt das.

Die Theatergruppe probt ein neues Stück und hat zum Mitmachen eingeladen. Tom will sich gleich mal aufraffen und hingehen. Besser, als auf der Hütte Frust zu schieben.

Was in der Theatergruppe abläuft, das hat was, muss selbst Tom zugeben. Aber für ihn ist das nichts, unter keinen Umständen. Abgesehen davon, dass er sich nicht von einem Publikum anglotzen lassen möchte. Das Schlimmste für ihn wäre der Seelenstriptease, den die Gruppe hinlegt. Die fischen sich ein Wortkärtchen aus dem Karton und quatschen munter drauflos. Alles, was ihnen zu dem Wort einfällt. Erlebnisse, Erinnerungen, Phantasien und Träume. Die haben echt Nerven! Tom bringt das nicht. Natürlich mischt Mamuli bei dieser Nummer mit. Heute ist er nicht da, seine Mutter hat Geburtstag.

Wenn die wenigstens einen fertigen Text nachbrabbeln würden! Aber die denken sich den ganzen Sermon selbst aus. Tom findet das extrem, irgendwie peinlich. Die Gruppe scheint das aber nicht zu jucken, die improvisieren munter drauflos. Eine Tussi von draußen notiert alles. Hält alles fest, wie sie bemerkt. Damit daraus das neue Stück werden kann. Original aus der Knackiseele. Authentisch. Dem Zuschauer zum Fraß, Tom schüttelt sich. Nicht mit ihm. Nie und nimmer.

Davon abgesehen würde das mit den Wortkärtchen bei ihm nicht funktionieren. Er reagiert mehr auf Farben oder Gerüche. Gerüche vor allem. Der Knastmuff hat ihn fast schon zum Zombie werden lassen. Ganz langsam erst sind seine Sinne wieder wach geworden, draußen, beim Gang zwischen Wiesen und Wald, an Streuobstwiesen entlang. Tausend Gerüche. Nach Sommer, regennasser Erde, Heu, Rossäpfeln und feuchtem Hundefell.

Die Theaterprobe hat ihn mehr aufgewühlt, als er sich eingestehen möchte. Auch er hätte eine Menge zu sagen. Wenn er es könnte. Wenn er Worte finden würde für das, was er verloren hat. Außer der Freiheit. Die Strafe ist mehr als das. Viel mehr. Das spürt er genau.

Kemal ist von der Hochzeit seiner Schwester zurück und total aus dem Häuschen. Er hat sich verliebt. In Sevgi, die er zwar schon länger kennt, die er aber zum ersten Mal wirklich wahrgenommen hat. Kemals Stimmung schwankt zwischen Euphorie und Verzweiflung. Rennt herum, als wäre er auf Dope. Lacht, heult, spinnt und ist ungenießbar, die Hormone fahren Achterbahn. Tom geht ihm lieber aus dem Weg.

Auch er selbst schlingert ein wenig. Zwischen Nein, Ja oder Vielleicht.

Adele ist tot. Es ist alles noch schneller gegangen als vermutet. Am Wochenende sind sie zu dritt in Adeles kleinem Häuschen gewesen, um alles auszuräumen. Schultes Frau wird die brauchbaren Kleidungsstücke zur Sozialstation geben. Schulte und Tom haben dann angefangen, sich mit dem übrigen Kram zu beschäftigen. Mitten im Geschehen haute Schulte sich dann auf die Couch und sah Tom lange an. Dann kamen Sätze, die Tom lieber nicht gehört hätte: „Wäre das hier nichts für dich? Ist doch alles da und für den Anfang ok. Was meinst du?“ Tom ist geschockt. Klar, er wird in ein paar Monaten eine Bleibe brauchen. Aber doch nicht hier! Zwischen Nippes und Lavendelsäckchen, Kristallvasen und Häkeldeckchen! Seine erste Reaktion schwankt zwischen Empörung und Lachanfall. Zum Glück kann er sich im letzten Moment noch beherrschen.

Überleg es dir, sagt Schulte. Ist ja noch Zeit.

Adeles Häuschen wird abgeschlossen. Jetzt muss Tom sich sortieren. Noch ist er zu keinem Entschluss gekommen.

Die Vorbereitungen zum Weihnachtsbasar laufen auf vollen Touren. Tom hat seinen Antrag auf Zweidrittel-Entlassung gestellt. Die Prüfungstermine für den Hauptschulabschluss stehen fest, alle Ampeln stehen auf grün und der Endspurt kann beginnen.

Aber wieder einmal spuckt ihm das Schicksal ordentlich in die Suppe. Eigentlich betrifft es hauptsächlich Schulte, genaugenommen seine Frau. Aber zwangsläufig dann auch ihn, Tom. Kurz gesagt: Aus dem Weihnachtsurlaub bei Schulte wird nichts. Den kann er sich von der Backe schmieren.

Schultes Frau hat einen Schlaganfall gehabt. Noch liegt sie auf der Intensivstation. Doch Schulte ist voller Hoffnung.

Toms Hoffnung hingegen, bei allem Mitgefühl für Schultes Frau, geht den Bach runter. Er wird auf Schulte nicht mehr zählen können. Der wird sich um seine Frau kümmern müssen und nicht mehr um Toms Betreuung. Aus und vorbei.

Die Weihnachtstage hat Tom hinter sich gebracht. Die Schwester ist zu Besuch gekommen. Schulte hat ein Päckchen geschickt. Über ein Foto von Falco hat Tom sich besonders gefreut. Der ist zur Zeit in einer Tierpension, weil Schulte seine Frau in die Reha begleitet. Es gibt kleine Fortschritte, wie Schulte schreibt. Es wird sich zeigen, wie es weitergeht.

Auch für Tom wird es weitergehen. ‚Wie' und ‚Wohin' liegen noch im Dunkeln, Tage und Nächte vergehen. Die plötzliche Hoffnungslosigkeit umschlingt Tom wie ein Mantel, der keine Wärme mehr gibt. Da hilft es auch nicht viel, als Schulte unverhofft auftaucht, um ihn zu besuchen. Tom sieht, dass Schulte aus Sorge um seine Frau so ziemlich am Ende ist. Dabei hatte er so sehr auf dessen Hilfe gebaut.

Tom weiß nicht, warum und wann dieser neue und fremde Gedanke in ihm aufgestiegen ist. Er möchte ihn abwehren, ihm keine Beachtung schenken. Ausweichen, flüchten wie früher. Aber es will ihm nicht gelingen. Immer wieder meldet dieser Gedanke sich zu Wort. Drängend. Er gibt nicht nach, bis Tom ihm Gehör schenkt. Bis er ihm Raum gibt und er sich ausbreiten kann. Erst dann findet er auf einmal Ruhe und Klarheit. Klarheit, die ihm den Weg weist, auf dem er die nächsten Schritte tun kann.

Schulte braucht ihn, Tom. Jetzt ist es an ihm, für Schulte da zu sein. Ihn zu unterstützen, plötzlich kapiert er das. In wenigen Wochen hat er seine Haftzeit abgesessen. Adeles Häuschen … Schwamm drüber. Das wird schon irgendwie gehen. Die Spitzendeckchen sind ja nicht festgewachsen und die restliche Deko lässt sich entfernen.

Er wird Schulte seinen Entschluss mitteilen. Jetzt, wo er weiß, wo es langgeht.

Tom geht mit Falco am Fluss entlang. Die Leine braucht er nicht, Falco gehorcht ihm aufs Wort und geht bei Fuß, wenn Tom es gebietet. Der Ginster blüht. Schmetterlinge schwirren zwischen den Sträuchern. Tom wirft ein Stöckchen, das Falco nach einem rasanten Spurt über die Wiese immer wieder zurückbringt. Er kann nicht genug bekommen von diesem Spiel.

Der Lautsprecher blökt seine Durchsage in den Flur und zieht Tom wieder in die Gegenwart. Die Sonne zeichnet ein letztes strenges Gittermuster auf die graue Wolldecke.

Auf dem Tisch liegt sein Zeugnis. In wenigen Tagen wird sich das große Tor für ihn öffnen und Paul Georg wird ihn abholen. Schulte war gestern.

Die Zeiten ändern sich.

ENDE

„Knacki-Wörterbuch“

Umschluss	Freizeitmaßnahme, die die Möglichkeit bietet, mit anderen Gefangenen in deren Haftraum eingeschlossen (umgeschlossen) zu werden
Bombe	Glas mit löslichem Kaffee
Koffer	Packung Tabak
Vormelder	Vordruck zur Antragsstellung für ein Gespräch mit Sozialarbeiter, Arztbesuch, Pfarrer etc.
Schließer	Justizvollzugsbeamter
Hofgang	Freizeit im Innenhof des Gefängnisses (eine Stunde am Tag)
Arrest-Zelle	sehr karge Spezialzelle, Unterbringung nach Verstoß gegen die Hausregeln
Paketmarke	darf dreimal im Jahr beantragt werden, wird an Angehörige verschickt, die ein Paket zustellen möchten.
Stütze	Sozialleistungen
die Acht	Handschellen
Sittiche	Sexualverbrecher, insbesondere Kinderschänder

Danksagung

„Wenn ich weiss, dass aus der Raupe ein Schmetterling wird, ist alles denkbar!“

Mein Dank gilt all jenen, die mich ermuntert und unterstützt haben. Die verständnisvoll und geduldig waren, die nicht nur mit Rat, sondern auch mit Tat unterstützten. Sie alle sind zu meiner „Herzensfamilie“ geworden. Ein großes Geschenk!

Dorothea Müller, Wuppertal im Oktober 2015

StVollzG
Strafvollzugsgesetz

Anwendungsbereich

§ 1

Dieses Gesetz regelt den Vollzug der Freiheitsstrafe in Vollzugsanstalten und der freiheitsentziehenden Maßregeln der Besserung und Sicherung.

Vollzug der Freiheitsstrafe

§ 2 Aufgaben des Vollzuges

Im Vollzug der Freiheitsstrafe soll der Gefangene fähig werden, künftig in sozialer Verantwortung ein Leben ohne Straftaten zu führen (Vollzugsziel).

Der Vollzug der Freiheitsstrafe dient auch dem Schutz der Allgemeinheit vor weiteren Straftaten.

§ 3 Gestaltung des Vollzuges

(1) Das Leben im Vollzug soll den allgemeinen Lebensverhältnissen soweit als möglich angeglichen werden.

(2) Schädlichen Folgen des Freiheitsentzuges ist entgegenzuwirken.

(3) Der Vollzug ist darauf auszurichten, dass er dem Gefangenen hilft, sich in das Leben in Freiheit einzugliedern.

§ 4 Stellung des Gefangenen

(1) Der Gefangene wirkt an der Gestaltung seiner Behandlung und an der Erreichung des Vollzugszieles mit. Seine Bereitschaft hierzu ist zu wecken und zu fördern.

(2) Der Gefangene unterliegt den in diesem Gesetz vorgesehenen Beschränkungen seiner Freiheit. Soweit das Gesetz eine besondere Regelung nicht enthält, dürfen ihm nur Beschränkungen auferlegt werden, die zur Aufrechterhaltung der Sicherheit oder zur Abwendung einer schwerwiegenden Störung der Ordnung der Anstalt unerlässlich sind.

§ 7 Vollzugsplan

Der Vollzugsplan enthält Angaben mindestens über folgende Behandlungsmaßnahmen

1. Unterbringung im geschlossenen oder offenen Vollzug,
2. die Verlegung in eine sozialtherapeutische Anstalt,
3. die Zuweisung zu Wohngruppen und Behandlungsgruppen

4. den Arbeitsplatz sowie Massnahmen der beruflichen Ausbildung oder Weiterbildung,
5. die Teilnahme an Veranstaltungen der Weiterbildung,
6. besondere Hilfs- und Behandlungsmassnahmen,
7. Lockerung des Vollzuges und
8. notwendige Massnahmen zur Vorbereitung der Entlassung.

Der Vollzugsplan ist mit der Entwicklung des Gefangenen und weiteren Ergebnissen der Persönlichkeitsforschung in Einklang zu halten. Hierfür sind im Vollzugsplan angemessene Fristen vorgesehen.

Unterbringung und Ernährung des Gefangenen

§ 17 Unterbringung während der Arbeit und Freizeit

Die Gefangenen arbeiten gemeinsam. Dasselbe gilt für Berufsausbildung, berufliche Weiterbildung sowie arbeitstherapeutische und sonstige Beschäftigung während der Arbeitszeit.

Während der Freizeit können sich die Gefangenen in der Gemeinschaft mit anderen aufhalten. Für die Teilnahme an gemeinschaftlichen Veranstaltungen kann der Anstaltsleiter mit Rücksicht auf die **räumlichen, personellen und organisatorischen Verhältnissen der Anstalt besondere Regelungen treffen.**

Die gemeinschaftliche Unterbringung während der Arbeitszeit und der Freizeit kann eingeschränkt werden,

1. wenn ein schädlicher Einfluss auf andere Gefangene zu befürchten ist,
2. wenn der Gefangene nach §6 untersucht wird, aber nicht länger als zwei Monate,
3. wenn es die Sicherheit und Ordnung der Anstalt erfordert oder
4. wenn der Gefangene zustimmt.

§ 18 Unterbringung während der Ruhezeit

Gefangene werden während der Ruhezeit allein in ihren Hafträumen untergebracht. Eine gemeinsame Unterbringung ist zulässig, sofern ein Gefangener hilfsbedürftig ist oder eine Gefahr für Leben oder Gesundheit des Gefangenen besteht.

§ 19 Ausstattung des Haftraumes durch den Gefangenen und sein persönlicher Besitz

Der Gefangene darf seinen Haftraum in angemessenem Umfang mit eigenen Sachen ausstatten. Lichtbilder nahestehender Personen und Erinnerungsstücke von persönlichem Wert werden ihm belassen.

Vorkehrungen und Gegenstände, die die Übersichtlichkeit des Haftraumes behindern oder in anderer Weise Sicherheit und Ordnung der Anstalt gefährden, können ausgeschlossen werden.

§ 20 Kleidung

Der Gefangene trägt Anstaltskleidung. Für die Freizeit erhält er eine besondere Oberbekleidung.

§ 21 Anstaltsverpflegung

Zusammensetzung und Nährwert der Anstaltsverpflegung werden ärztlich überwacht. Auf ärztliche Anordnung wird besondere Verpflegung gewährt. Dem Gefangenen ist zu ermöglichen, Speisevorschriften seiner Religionsgemeinschaft zu befolgen.

§ 22 Einkauf

Der Gefangene kann sich von seinem Haushaltsgeld (§47) oder von seinem Taschengeld (§ 46) aus einem von der Anstalt vermittelten Angebot Nahrungs- oder Genussmittel sowie Mittel zur Körperpflege kaufen.

Die Anstalt soll für ein Angebot sorgen, das auf Wünsche und Bedürfnisse der Gefangenen Rücksicht nimmt.

Gegenstände, die die Sicherheit und Ordnung der Anstalt gefährden, können vom Einkauf ausgeschlossen werden. Auf ärztliche Anordnung kann dem Gefangenen der Einkauf einzelner Nahrungs- oder Genussmittel ganz oder teilweise untersagt werden, wenn zu befürchten ist, dass sie seine Gesundheit ernsthaft gefährden.

In Krankenhäusern oder Krankenabteilungen kann der Einkauf einzelner Nahrungs- und Genussmittel auf ärztliche Anordnung allgemein untersagt oder eingeschränkt werden.

Verfügt der Gefangene ohne eigenes Verschulden nicht über Haus- oder Taschengeld, wird ihm gestattet, in angemessenem Umfang vom Eigengeld einzukaufen.

Besuche, Schriftwechsel sowie Urlaub, Ausgang und Ausführung aus besonderem Anlass

§ 23 Grundsatz

Der Gefangene hat das Recht, mit Personen außerhalb der Anstalt im Rahmen der Vorschriften dieses Gesetzes zu verkehren. Der Verkehr mit Personen außerhalb der Anstalt ist zu fördern.

§ 24 Recht auf Besuch

Der Gefangene darf regelmäßig Besuch empfangen. Die Gesamtdauer beträgt mindestens eine Stunde im Monat. Das Weitere regelt die Hausordnung.

Aus Gründen der Sicherheit kann ein Besuch davon abhängig gemacht werden, dass sich der Besucher durchsuchen lässt.

Ein Besuch findet nicht statt, wenn ihn der Gefangene ablehnt …

§ 25 Besuchsverbot

Der Anstaltsleiter kann Besuche untersagen,

Wenn die Sicherheit und Ordnung der Anstalt gefährdet würde.

Bei Besuchern, die nicht Angehörige des Gefangenen im Sinne des Strafgesetzbuches sind, wenn zu befürchten ist, dass sie einen schädlichen Einfluss auf den Gefangenen haben und seine Eingliederung behindern würden.

§ 27 Überwachung der Besuche

Die Besuche dürfen aus Gründen der Behandlung oder der Sicherheit und Ordnung der Anstalt überwacht werden.

Die Unterhaltung darf nur überwacht werden, soweit das im Einzelfall aus diesen Gründen erforderlich ist.

Ein Besuch darf abgebrochen werden, wenn Besucher oder Gefangene gegen die Vorschriften dieses Gesetzes oder die auf Grund dieses Gesetzes getroffenen Anordnungen trotz Abmahnungen verstoßen. Die Abmahnung unterbleibt, wenn es unerlässlich ist, den Besuch sofort abzubrechen.

§ 28 Recht auf Schriftwechsel

1. Der Gefangene hat das Recht, unbeschränkt Schreiben abzusenden und zu empfangen.

2. Der Anstaltsleiter kann den Schriftwechsel mit bestimmten Personen untersagen, wenn Sicherheit und Ordnung der Anstalt gefährdet würde, bei Personen, die nicht Angehörige im Sinne des Strafgesetzbuches

sind, wenn zu befürchten ist, dass der Schriftwechsel einen schädlichen Einfluss auf den Gefangenen haben oder seine Eingliederung behindern würde.

§ 29 Überwachung des Schriftwechsels

Der Schriftwechsel des Gefangenen mit seinem Verteidiger wird nicht überwacht. Nicht überwacht werden ferner Schreiben des Gefangenen an Volksvertretungen des Bundes und der Länder.

Der übrige Schriftwechsel darf überwacht werden.

Soweit der Schriftwechsel überwacht werden darf, bestimmt der Anstaltsleiter Art und Umfang der Überwachung.

Soweit der Schriftwechsel überwacht wird, hat der Gefangene seine Schreiben in offenem Umschlag in der Anstalt abzugeben.

§ 31 Anhalten von Schreiben

Der Anstaltsleiter kann Schreiben anhalten,

1. Wenn das Ziel des Vollzuges oder die Sicherheit und Ordnung der Anstalt gefährdet würde.
2. Wenn die Weitergabe in Kenntnis ihres Inhaltes einen Straf- oder Bussgeldtatbestand verwirklichen würde.
3. Wenn sie grob unrichtige oder erheblich entstellende Darstellungen von Anstaltsverhältnissen enthalten.
4. Wenn sie grobe Beleidigungen enthalten.
5. Wenn sie die Eingliederung eines anderen Gefangenen gefährden können, oder

6. wenn sie in Geheimschrift, unlesbar, unverständlich, oder ohne zwingenden Grund in einer fremden Sprache abgefasst sind.

Ausgehenden Schreiben, die unrichtige Darstellungen enthalten, kann ein Begleitschreiben beigefügt werden, wenn der Gefangene auf der Absendung besteht.

Ist ein Schreiben angehalten worden, wird das dem Gefangenen mitgeteilt.

Angehaltene Schreiben werden an den Absender zurückgegeben, oder, sofern das unmöglich oder aus besonderen Gründen untunlich ist, behördlich verwahrt.

Dem Gefangenen sind die Gründe für das Anhalten mitzuteilen. Der unbedenkliche Inhalt eines angehaltenen Schreibens kann ihm bekannt gegeben werden.

Ein Begleitschreiben darf nur Angaben enthalten, die der Richtigstellung dienen.

Angehaltene Schreiben, die Kenntnisse über Sicherungsvorkehrungen der Anstalt vermitteln, dürfen auch vernichtet werden.

§ 33 Pakete

Der Gefangene darf dreimal jährlich in angemessenen Abständen ein Paket mit Nahrungs- und Genussmitteln empfangen. Die Vollzugsbehörde kann Zeitpunkt und Höchstmengen für die Sendung und für einzelne Gegenstände festsetzen. Der Empfang weiterer Pakete oder solcher mit anderem Inhalt bedarf der Erlaubnis.

Pakete sind in Gegenwart des Gefangenen zu öffnen.

Der Empfang von Paketen kann vorübergehend versagt werden, wenn dies wegen Gefährdung der Sicherheit und Ordnung der Anstalt unerlässlich ist.

Der Empfang des Paketes ist zugelassen zu Weihnachten, zu Ostern und zu einem von dem Gefangenen zu wählenden Zeitpunkt (z.B. Geburtstag)

Einem Gefangenen, der nicht einer christlichen Religionsgemeinschaft angehört, kann anstelle des Weihnachts- und des Osterpaketes der Empfang je eines Paketes aus Anlass eines hohen Feiertages seines Glaubens gestattet werden.

Jedes Paket soll ein Inhaltsverzeichnis enthalten und den Absender erkennen lassen. Die Verwendung einer von der Anstalt ausgegebenen Paketmarke kann vorgeschrieben werden.

Der Paketinhalt wird auf verbotene Gegenstände durchsucht. Liegt ein Inhaltsverzeichnis bei, ist die Vollzähligkeit zu prüfen. Abweichungen sind auf dem Verzeichnis zu bemerken.

Der Gefangene hat den Empfang des Paketes schriftlich zu bestätigen.

§ 35 Urlaub, Ausgang und Ausführung aus wichtigem Anlass

Aus wichtigem Anlass kann der Anstaltsleiter dem Gefangenen Ausgang gewähren oder ihn bis zu sieben Tagen beurlauben. Der Urlaub aus anderem wichtigen Anlass als wegen lebensgefährlichen Erkrankung oder wegen des Todes eines Angehörigen darf sieben Tage im Jahr nicht übersteigen.

Kann Ausgang oder Urlaub aus dem in § 11, Absatz 2 genannten Gründen nicht gewährt werden, kann der Anstaltsleiter den Gefangenen ausführen lassen.

Bei der Ausführung entscheidet der Anstaltsleiter über die nach Lage des Falles erforderlichen besonderen Sicherheitsmassnahmen.

Eine Ausführung unterbleibt, wenn trotz Anordnung angemessener besonderer Sicherungsmassnahmen zu befürchten ist, dass der Gefangene sich dem Vollzug der Freiheitsstrafe entziehen oder die Ausführung zu Straftaten missbrauchen werde.

Dies gilt nicht, wenn die Ausführung zur Abwendung einer unmittelbaren Gefahr für Leib und Leben des Gefangenen unerlässlich ist.

Arbeit, Ausbildung und Weiterbildung

§ 37 Zuweisung

Arbeit, arbeitstherapeutische Beschäftigung, Ausbildung und Weiterbildung dienen insbesondere dem Ziel, Fähigkeiten für eine Erwerbstätigkeit nach der Entlassung zu vermitteln, zu erhalten oder zu fördern.

Die Vollzugsbehörde soll dem Gefangenen wirtschaftlich ergiebige Arbeit zuweisen und dabei seine Fähigkeiten, Fertigkeiten und Neigungen berücksichtigen.

Geeigneten Gefangenen soll Gelegenheit zur Berufsausbildung, beruflicher Weiterbildung, Umschulung oder Teilnahme an anderen ausbildenden oder weiterbildenden Massnahmen gegeben werden.

§ 38 Unterricht

Für geeignete Gefangene, die den Abschluss der Hauptschule nicht erreicht haben, soll Unterricht in den zum Hauptschulabschluss führenden Fächern vorgesehen werden.

Bei der beruflichen Ausbildung ist berufsbildender Unterricht vorgesehen. Die gilt auch für die berufliche Weiterbildung, soweit die Art der Massnahme es erfordert.

Der Unterricht soll während der Arbeitszeit stattfinden.

§ 40 Abschlusszeugnis

Aus dem Abschlusszeugnis über eine ausbildende oder weiterbildende Massnahme darf die Gefangenschaft eines Teilnehmers nicht erkennbar sein.

§ 44 Ausbildungsbeihilfe

Nimmt der Gefangene an einer Berufsausbildung, einer Weiterbildung oder an einem Unterricht teil, erhält er eine Ausbildungsbeihilfe, sofern ihm keine Leistungen zum Lebensunterhalt zustehen.

Nimmt der Gefangene während der Arbeitszeit stunden- oder tageweise am Unterricht teil, so erhält er in Höhe des ihm entgangenen Arbeitsentgelts eine Ausbildungsbeihilfe.

Gesundheitsfürsorge

§ 58 Krankenbehandlung

Gefangene haben Anspruch auf Krankenbehandlung

1. **Ärztliche Behandlung**
2. Zahnärztliche Behandlung einschliesslich Versorgung mit Zahnersatz
3. Versorgung mit Arznei- Verband- Heil- und Hilfsmitteln
4. Medizinische und ergänzende Leistungen zur Rehabilitation sowie Belastungserprobung und Arbeitstherapie, soweit die Belange des Vollzugs nicht entgegenstehen.

Einen Gefangenen, der sich krank meldet, einen Unfall erleidet, einen Selbstmordversuch begeht oder sich selbst beschädigt, sowie einen Gefangenen, dessen Aussehen oder Verhalten den Verdacht nahelegt, dass er körperlich oder geistig erkrankt ist, zeigt der Feststellung treffende Bedienstete schriftlich, notfalls mündlich voraus, dem Anstaltsarzt an. Wenn ärztliche Hilfe nicht sofort erforderlich erscheint, untersucht der Arzt den krankgemeldeten Gefangenen in der nächsten Sprechstunde.

Der Arzt stellt fest, ob der Gefangene als krank zu führen ist, ob er bettlägerig krank ist, in welchem Umfang er arbeitsfähig ist, ob er einer besonderen Unterbringung oder einer speziellen Behandlung bedarf, oder ob er vollzugsuntauglich ist.

Kann der Anstaltsarzt nicht erreicht werden, so wird in dringenden Fällen ein anderer Arzt herbei gerufen.

Hält es der Anstaltsarzt nach Art oder Schwere des Falles für erforderlich, zieht er einen anderen Arzt oder Facharzt hinzu.

Der Anstaltsleiter kann nach Anhören des Anstaltsarztes dem Gefangenen ausnahmsweise gestatten, auf eigene Kosten einen beratenden Arzt hinzu zu ziehen.

Es dürfen nur durch die Anstalt beschaffte Arzneimittel verwendet werden, es sei denn, der Anstaltsarzt lässt Ausnahmen zu.

§ 66 Benachrichtigung bei Erkrankung oder Todesfall

Wird ein Gefangener schwer krank, so ist ein Angehöriger, eine Person seines Vertrauens oder der gesetzliche Vertreter unverzüglich zu benachrichtigen. Dasselbe gilt, wenn ein Gefangener stirbt.

Der Tod des Gefangenen wird der Aufsichtsbehörde mitgeteilt.

Freizeit

§ 68 Zeitungen und Zeitschriften

Der Gefangene darf Zeitungen und Zeitschriften in angemessenem Umfang durch Vermittlung der Anstalt beziehen.

Ausgeschlossen sind Zeitungen oder Zeitschriften, deren Verbreitung mit Strafe oder Geldbusse bedroht ist. Zeitungen oder Zeitschriften können dem Gefangenen vorenthalten werden, wenn das Ziel des Vollzuges oder die Sicherheit und Ordnung der Anstalt erheblich gefährdet würden.

Die Weitergabe von Zeitungen und Zeitschriften oder von Teilen und Ausschnitten an andere Gefangene kann untersagt werden, wenn sie das Ziel des Vollzuges oder die Sicherheit und Ordnung der Anstalt gefährdet würden.

Werden Zeitungen oder Zeitschriften vom Bezug ausgeschlossen, oder einzelne Ausgaben oder Teile von Zeitungen oder Zeitschriften vorenthalten, so wird dies dem Gefangenen mitgeteilt.

§ 69 Hörfunk und Fernsehen

Der Gefangene kann am Hörfunkprogramm der Anstalt sowie am gemeinschaftlichen Fernsehempfang teilnehmen. Die Sendungen sind so auszuwählen, dass Wünsche und Bedürfnisse nach staatsbürgerlicher Information, Bildung und Unterhaltung angemessen berücksichtigt werden.

Der Hörfunk oder Fernsehempfang kann vorübergehend ausgesetzt oder einzelnen Gefangenen untersagt werden, wenn dies zur Aufrechterhaltung der Sicherheit und Ordnung der Anstalt unerlässlich ist.

Eigene Hörfunk- und Fernsehgeräte werden unter den Voraussetzungen des § 70 zugelassen.

Zur Verhinderung eines Missbrauchs kann die Anstaltsleitung die Verplombung der Geräte anordnen.

Reparaturen sind nur durch Vermittlung der Anstalt zulässig.

Sicherheit und Ordnung

§ 84 Durchsuchung

Gefangene, ihre Sachen und die Hafträume dürfen untersucht werden.

Nur bei Gefahr im Verzuge oder auf Anordnung des Anstaltsleiters im Einzelfall ist es zulässig, eine mit einer Entkleidung verbundene körperliche Durchsuchung vorzunehmen.

Sie ist in einem geschlossenen Raum durchzuführen. Andere Gefangene dürfen nicht anwesend sein.

Der Anstaltsleiter kann allgemein anordnen, dass Gefangene bei der Aufnahme, nach Kontakten mit Besuchern und nach jeder Abwesenheit von der Anstalt zu durchsuchen sind.

In geschlossenen Anstalten haben sich die Vollzugsbediensteten durch unvermutete Durchsuchungen laufend davon zu überzeugen, dass die Räume, die von den Gefangenen benutzt werden, und ihre Einrichtungsgegenstände unbeschädigt sind und dass nichts vorhanden ist, was die Sicherheit und Ordnung gefährden könnte.

§ 88 Besondere Sicherungsmassnahmen

Gegen einen Gefangenen können besondere Sicherungsmassnahmen angeordnet werden, wenn nach seinem Verhalten oder auf Grund seines seelischen Zustandes in erhöhtem Masse Fluchtgefahr oder die Gefahr von Gewalttätigkeiten gegen Personen oder Sachen oder die Gefahr des Selbstmordes oder der Selbstverletzung besteht.

Als besondere Sicherungsmassnahmen sind zulässig:

1. Einzug oder Vorenthaltung von Gegenständen
2. Die Beobachtung bei Nacht
3. Die Absonderung von anderen Gefangenen
4. Der Entzug oder die Beschränkung des Aufenthalts im Freien
5. Die Unterbringung in einem besonders gesicherten Haftraum
6. Die Fesselung

Bei einer Ausführung, Vorführung oder beim Transport ist die Fesselung auch dann zulässig, wenn aus anderen Gründen in erheblichem Masse Fluchtgefahr besteht.

§ 90 Fesselung

In der Regel dürfen Fesseln nur an Händen oder an den Füssen angelegt werden. Im Interesse des Gefangenen kann der Anstaltsleiter eine andere Art der Fesselung anordnen. Die Fesselung wird zeitweise gelockert, soweit dies notwendig ist.

Der gefesselte Gefangene wird während des Aufenthalts im Freien von nicht gefesselten Gefangenen getrennt gehalten.

Zur Einnahme der Mahlzeiten und zur Verrichtung der Notdurft werden Handfesseln, nötigenfalls nach Anlegen von Fußfesseln abgenommen oder so gelockert, dass der Gefangene nicht behindert ist.

Unmittelbarer Zwang

§ 94 Allgemeine Voraussetzungen

Bedienstete der Vollzugsanstalten dürfen unmittelbaren Zwang anwenden, wenn sie Vollzugs- und Sicherungsmaßnahmen rechtmäßig durchführen und der damit verfolgte Zweck auf keine andere Weise erreicht werden kann.

Gegen andere Personen als Gefangene darf unmittelbarer Zwang angewendet werden, wenn sie es unternehmen, Gefangene zu befreien oder in den Anstaltsbereich widerrechtlich einzudringen, oder wenn sie sich unbefugt darin aufhalten.

Ist jemand durch Anwendung unmittelbaren Zwanges oder durch sonstige Gewaltanwendung getötet oder erheblich verletzt worden, so sind am Ort des Vorfalls nach Möglichkeit keine Veränderungen vorzunehmen.

Jeder Fall der Anwendung unmittelbaren Zwanges ist dem Anstaltsleiter unverzüglich zu melden und aktenkundig zu machen. Über jeden Gebrauch von Waffen ist der Aufsichtsbehörde zu berichten.

Waffen sind dienstlich zugelassene Hieb- und Schusswaffen sowie Reizstoffe.

§ 98 Androhung

Unmittelbarer Zwang ist vorher anzudrohen. Die Androhung darf nur dann unterbleiben, wenn die Umstände sie nicht zulassen oder unmittelbarer Zwang sofort angewendet werden muss, um eine rechtswidrige Tat, die den Tatbestand des Strafgesetzes erfüllt, zu verhindern oder eine gegenwärtige Gefahr abzuwenden.

§ 99 Allgemeine Vorschriften für den Schusswaffengebrauch

Schusswaffen dürfen nur gebraucht werden, wenn andere Maßnahmen des unmittelbaren Zwanges erfolglos waren oder keinen Erfolg versprechen.

§ 100 Besondere Vorschriften für den Schusswaffengebrauch

Gegen Gefangene dürfen Schusswaffen gebraucht werden, wenn sie

1. eine Waffe oder ein anderes gefährliches Werkzeug trotz wiederholter Aufforderung nicht weglegen
2. wenn sie eine Meuterei unternehmen oder
3. um ihre Flucht zu vereiteln oder sie wieder zu ergreifen

Disziplinarmassnahmen

§ 102 Voraussetzungen

Verstößt ein Gefangener schuldhaft gegen Pflichten, die ihm durch dieses Gesetz oder auf Grund dieses Gesetzes auferlegt sind, kann der Anstaltsleiter gegen ihn Disziplinarmaßnahmen anordnen.

§ 103 Arten der Disziplinarmassnahmen

1. Verweis
2. Die Beschränkung oder der Entzug der Verfügung über das Hausgeld und des Einkaufs bis zu drei Monaten
3. Die Beschränkung oder der Entzug des Lesestoffs bis zu zwei Wochen sowie des Hörfunk- und Fernsehempfangs bis zu drei Monaten, der gleichzeitige Entzug jedoch nur bis zu zwei Wochen
4. Die Beschränkung oder der Entzug der Gegenstände für eine Beschäftigung in der Freizeit oder die Teilnahme an gemeinschaftlichen Veranstaltungen bis zu drei Monaten
5. Die getrennte Unterbringung während der Freizeit bis zu vier Wochen
6. Der Entzug der zugewiesenen Arbeit oder Beschäftigung bis zu vier Wochen unter Wegfall der in diesem Gesetz geregelten Bezüge
7. Die Beschränkung des Verkehr mit Personen außerhalb der Anstalt auf dringende Fälle bis zu drei Monaten
8. Arrest bis zu vier Wochen. Arrest darf nur wegen schwerer oder mehrfach wiederholter Verfehlungen verhängt werden
9. Mehrere Disziplinarmaßnahmen können miteinander verbunden werden

§ 104 Disziplinarmassnahmen werden in der Regel sofort vollstreckt

Arrest wird in Einzelhaft vollzogen. Der Gefangene kann in einem besonderen Arrestraum untergebracht werden, der den Anforderungen entsprechen muss, die an einen zum Aufenthalt bei Tag und Nacht bestimmten Haftraum gestellt werden.

Die Disziplinarmaßnahmen ordnet der Anstaltsleiter an.

Die Aufsichtsbehörde entscheidet, wenn sich die Verfehlung des Gefangenen gegen den Anstaltsleiter richtet.

Innerer Aufbau der Justizvollzugsanstalten

§ 154 Zusammenarbeit

Alle im Vollzug Tätigen arbeiten zusammen und wirken daran mit, die Aufgaben des Vollzugs zu erfüllen.

Mit den Behörden und Stellen der Entlassenenfürsorge, der Bewährungshilfe, den Aufsichtsstellen für die Führungsaufsicht, den Agenturen für Arbeit, den Trägern der Sozialversicherung und der Sozialhilfe, den Hilfseinrichtungen anderer Behörden und den Verbänden der freien Wohlfahrtspflege ist eng zusammen zu arbeiten. Die Vollzugsbehörden sollen mit Personen und Vereinen, deren Einfluss der Eingliederung des Gefangenen fördern kann, zusammenarbeiten.

§ 155 Vollzugsbedienstete

Die Aufgaben der Justizvollzugsanstalten werden von Vollzugsbeamten wahrgenommen. Aus besonderen Gründen können sie auch anderen Bediensteten der Vollzugsanstalten sowie nebenbeamtlichen oder vertraglich verpflichteten Personen übertragen werden.

Für jede Anstalt ist entsprechend ihrer Aufgabe die erforderliche Anzahl von Bediensteten der verschiedenen Berufsgruppen, namentlich des allgemeinen Vollzugsdienstes, des Verwaltungsdienstes und des Werkdienstes, sowie von Seelsorgern, Ärzten, Pädagogen, Psychologen und Sozialarbeitern vorzusehen.

§ 156 Anstaltsleitung

Für jede Vollzugsanstalt ist ein Beamter des höheren Dienstes zum hauptamtlichen Leiter zu bestellen.

Der Anstaltsleiter vertritt die Anstalt nach außen. Er trägt die Verantwortung für den gesamten Vollzug, soweit nicht bestimmte Aufgabenbereiche der Verantwortung anderer Vollzugsbediensteter oder ihrer gemeinsamen Verantwortung übertragen sind.

§ 157 Seelsorger

Seelsorger werden im Einvernehmen mit der jeweiligen Religionsgemeinschaft im Hauptamt bestellt oder vertraglich verpflichtet.

§ 158 Ärztliche Versorgung

Die ärztliche Versorgung ist durch hauptamtliche Ärzte sicher zu stellen. Sie kann aus besonderen Gründen nebenamtlichen oder vertraglich verpflichteten Ärzten übertragen werden.

Die Pflege der Kranken soll von Personen ausgeübt werden, die eine Erlaubnis nach dem Krankenpflegegesetz besitzen. Solange Personen im Sinne von Satz 1 nicht zur Verfügung stehen, können auch Bedienstete des allgemeinen Vollzugsdienstes eingesetzt werden, die eine sonstige Ausbildung in der Krankenpflege erfahren haben.

§ 159 Konferenzen

Zur Aufstellung und Überprüfung des Vollzugsplanes und zur Vorbereitung wichtiger Entscheidungen im Vollzuge führt der Anstaltsleiter Konferenzen mit an der Behandlung maßgeblich Beteiligten durch.

Empfehlungen
aus dem Verlagsprogramm

Verlag 3.0

Yaron

Ein Roman von Elisabeth Wintermantel

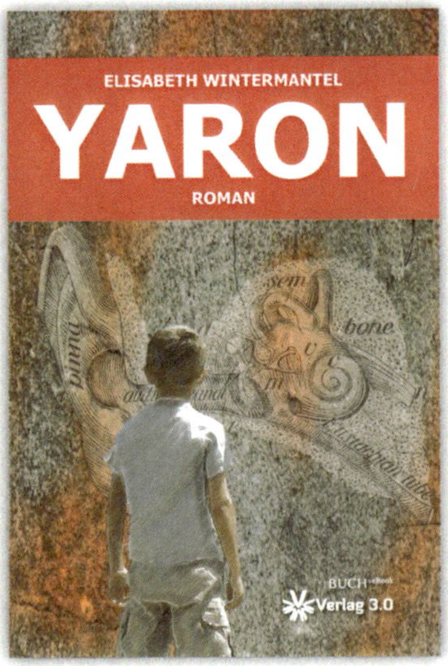

Ist Yarons Geschichte möglich in einem Land, wo Regeln und Gesetze für Recht und Ordnung sorgen? Wo schon die Eizelle im Reagenzglas Schutz genießt, Gurken und Möhren gerade zu stehen haben und Erika Mustermann die Königin der Formulare ist?

Sie ist möglich. Gerade darum.

Weil wir uns in falscher Sicherheit wiegen, das genaue Hinsehen und oft auch das Denken verlernt haben.

Lassen wir uns ein in Yarons Geschichte. Der, fast noch ein Kind, Unglaubliches zu leisten in der Lage ist. Dessen eigene Not und Sehnsucht so groß sind, dass ihm daraus die Kräfte erwachsen, für seine kleine Schwester Sorge zu tragen. Ihr gibt er all das, was er selbst so schmerzlich vermisst.

Yaron zeigt, dass tiefes Mit-Gefühl immer aus eigenem Leid entspringt,und dass nur das Leben die wahren Geschichten schreibt.

(c) Dorothea Müller

Isabellas Welt

Ein Musik-Roman von Christian Oelemann mit Grafiken von Malte Roß

Dass der Ton die Musik macht, erlebt Isabella in besonderer Weise. In ihrer Welt erklingen Schimpfkanonaden, Lachen, Weinen, Rülpsen oder ein vorlauter Pups als Melodie.

Das Lied der Amsel wird zur meisterlichen Komposition, die Isabella in ihren Notenheften niederschreibt, und die, unverhofft, einen bedeutenden Komponisten aus einer Schaffenskrise retten wird.

In einem unspektakulären Alltag zwischen Schule, Möhreneintopf und Familienstress, offenbaren sich Isabella die Klangwelten von Mozart und Johann Sebastian Bach.

Hier findet sie Antworten auf eigene Lebensfragen, die Melodie ihrer Sehnsucht und erfährt, dass Glück und Erfüllung sich in vielen Variationen spiegeln, und unabhängig von Ruhm und öffentlicher Bedeutung sind.

Ein Buch, das verborgene Saiten in uns zum Klingen bringt.

(c) Dorothea Müller

Christian Oelemann

Isabellas Welt

Musik-Roman

ISBN 978-3-95667-187-6